癮

ADDICTION

Presented by
Liu Xiao Zhen with Brant

朗恩╳京雅

You had me at hello

CONTENTS
癮・目錄

STORY 【正篇】

——

SIDE STORY 【番外】

Presented by
Liu Xiao Zhen with Brant

Addiction
Addiction

楔子

歐美聯邦共和國的市中心——

今夜下起今年入冬後第一場瑞雪，銀白的雪宛如鬆軟的棉花球一樣，從暗藍色的天空，一枚一枚緩緩飄落。飄然而下的雪花，層層疊堆在擁有久遠歷史的彩色玻璃窗前。

室內，壁爐中的篝火燃得猛烈，熱氣與窗外冷冽的氣息相疊，染霧了原本剔透的玻璃。泛毛霧的玻璃上，隱隱映著兩具緊緊交纏的身軀。

京雅半側身趴在拜占廷風格濃厚的躺椅上，正接受著後方男人的侵入。椅面繁複瑰麗的金紅色織紋，完美襯托出京雅淨白如霜的背脊。他那白紙般的肌表上沒有任何一顆痣的點綴，甚至連毛細孔都微不可見，滑如凝脂的肌膚出自於一個男孩身上，確實讓朗恩驚豔。

即便朗恩已經擁抱過京雅無數次，但每次歡愛，他依舊沉醉於京雅如雪的肌膚。

京雅外在的肌膚滑嫩，體內更是柔軟。當朗恩用硬碩的下體進入京雅狹窄的體腔時，海綿般的肉壁無縫隙地包覆吸縮，總能使朗恩舒服地倒抽一口氣。

朗恩伸手箝握京雅一頭金髮下的後頸，另一手撫上他纖細的腰肢，開始擺動肌肉傲人的下腹，肆意抽插。朗恩脹熱的性器聳立，不斷在京雅體內摩擦。

身體承受著一次又一次的猛烈撞擊，京雅的嘴角忍不住溢出陣陣曖昧的喘息。他面部朝下，背對朗恩，雖然看不見正在侵犯自己的男人的臉，不過由男人逐漸收緊圈在腰上的力道，京雅知道背後的男人得到了歡愉。

不過，男人還沒有射，看來他得再努力一點。京雅吃力地撐起上身、抬起腰，迎合男人侵入的節奏晃動臀部。

此時，一道猛勁箝制住他的手臂，京雅的雙手連同身軀被反扣並拉起，整個背部幾乎貼到男人堅硬結實的胸膛，這個姿勢能讓男人昂挺的下身更深入京雅的體內。在被拉起身的同時，京雅腹腔中的敏感地帶被狠狠地頂磨著，惹得他發出一聲淫靡的嚶嚀聲。

「在想什麼？居然分心。」

朗恩沙啞低沉，帶有些許迷幻的嗓音鑽入京雅的耳膜，細微的鬍渣則輕刮著京雅柔嫩的頸肩，這樣的刺激撩得京雅渾身一顫。他想掙脫，卻敵不過男人越收越緊的箝制。

京雅並不是個體弱的男人，與正常亞洲的同齡男性相較，他還有一層薄薄的肌肉，體型並不算特別單薄，但在身高超過一百九、體格結實的朗恩身旁，京雅的體型明顯窄了一號。

「我說過了，跟我上床時不許想工作。」

朗恩下達命令的同時退出京雅的體內，只留前端供搔癢難耐的小穴吸含。

「我、我……」

「只能想我。」

他扣住京雅的下顎，強行要他面向自己。

「我是想你……不過想你也是工作……啊——！！」

京雅倔強地反駁，可話還未說完，朗恩便緊緊掐住京雅下身挺立的鈴口，京雅的喉間頓時溢出不知是痛苦還是高潮的哀鳴。

「你真是越來越會了。」

朗恩揉捏著京雅因快感微微抽動的下身，在爐火的照耀下，朗恩那隱藏在黑色髮絲後的翠綠雙眸閃過一絲桀驁的鋒芒。

「那……不是、是因為你……教得好……嗎？」

難耐磨人的快感使京雅喪失了說話的能力，嘴裡流出的不知是反駁還是嬌喘。

「呵，這句話我喜歡。」

朗恩用大拇指搔磨著京雅充血的龜頭，同時腰背一挺，原本停留在嫩穴口的澎硬性器無預警地一口氣貫穿京雅。

京雅的性器前端一陣酥麻，射出了乳白的慾望。

朗恩將滿手的精液沿著京雅的下腹慢慢抹上他的胸口，最後用力捏扯京雅發紅挺立的乳頭。

「你居然先到了，真好意思。」

京雅虛弱地轉過身，眼角掛著令人憐愛的淚珠，朦朧地望著朗恩。他乖巧地順躺下來，主動抬起左腳架在朗恩的肩上，以一字馬的姿勢露出黏稠不堪又淫糜的私處。京雅拉起朗恩的手掌，舔舐自己的體液，最後將溫熱的嫩舌捲上朗恩的指尖。

京雅吸啜著青筋微隆、骨節分明，屬於雄性的手指。朗恩則欣賞著京雅此刻的表情，薄唇綻出一抹微笑，並貪婪地增加一隻手指，在京雅小巧的嘴中攪動，每當粗糙的指腹稍稍畫過京雅的上顎，朗恩都能感受到身下人兒的體內傳來一陣收縮。

朗恩伸出舌頭，滿意地舔了一下嘴角。

他不排斥特意討好的性愛。

尤其是與京雅的歡愛。

「我愛死你了。」

拋出這句話後，朗恩拉開京雅的雙腿，並挺腰前進。用自己粗壯的慾望狂猛地刺進京雅濕濡的窄穴，滾燙的汗水沿著漆黑的鬢髮流到朗恩堅實的胸肌、腹肌上。

雖然慾望得到了發洩，但京雅體內依舊燥熱不已。他的眼神順著汗滴，一路滑過朗恩的鎖骨、胸腔、腰幹，然後停在下腹，他盯著那正在侵犯自己，猶如凶器的莖幹，方才高潮後虛軟的性器再次膨脹勃起。他的背部不自覺地弓起優美的弧度，配合著朗恩腰腹擺動的頻率。

「我喜歡你這樣。」

朗恩彎下身在京雅耳邊輕喃，語落，下身同時加重力道撞擊京雅發紅的臀瓣。

幾個小時下來無間斷的快感早已讓京雅神智不清。強烈的撞擊，伴隨著一波波襲來的快感，京雅暈眩到簡直失去了支撐能力，他攤在雍容華麗的躺椅上，任由男人肆意張狂地掠奪自己的身軀。

爐火燒出劈哩啪啦的聲響，掩蓋掉肉體相合及京雅迷離的啞音。

肉體相疊糾纏，兩人意亂情迷，此時辦公桌上的座機卻傳來幾聲沙沙的微響，隨即另一個男子的聲音在房裡擴散開來。

『先生，馮娜已經到了，正在前廳等您。』

祕書鎮靜沉著地通知朗恩有人來訪。

通報結束後，朗恩瞇起眼俯視著身下肌膚泛著暈紅的人，同時舔了舔嘴唇。接著他又在京雅體內衝刺了一段時間，才終於釋放自己熱燙的慾望。他輕柔地退出京雅的體內，並在人兒筋疲力盡的臉頰上印下一記似疼愛又似例行公事的吻。

之後朗恩不疾不徐地套上襯衫，從容不迫地打上領帶，邁步離開房間。

然而，幾乎是門闔上的同一秒，原本因為高潮而在躺椅上彌留的京雅眼神立刻恢復清澈，他敏捷翻起身，俐落地抽出背包裡的手機和平板。滑開螢幕後，只見京雅瞳孔快速地上下跳動著。他兩腦並進，雙手更同時左右開弓，處理兩邊尚未回覆的訊息。

過了一段時間，等破百則的訊息皆過濾完畢，京雅終於鬆懈下來，仰頭靠在椅面上，對著古典彩繪的天板緩緩吐了口長氣。

即便壁爐內的柴火仍燒得烈紅，京雅的心卻冰涼如霜，方才因激情而滾燙的身軀也早已冷卻下來。

他側過身，輕輕倚在躺椅邊，指尖拂過椅子把手上一處凹凸不平的痕跡，這是某次激情時他不小心落下的咬痕。

接著，京雅的視線飄向四周的空間。這間辦公室的每個角落，或多或少都留有他被朗恩抱過的痕跡。辦公桌、壁爐旁、書櫃邊，甚至是價值不菲的古董玻璃窗前，或是昂貴的真絲地毯上，全部全部都留有他與朗恩瘋狂性愛的軌跡。

在環視辦公室一圈之後，京雅熟悉地抽出桌邊櫃裡的濕紙巾，慢條斯理地整理溢出兩腿間的液體，然後穿上衣服。

向男人張開大腿似乎是這個世界不變的潛規則，即便身為男人，也躲不過用身體換取機會的命運。

這——就是演藝圈。

而自己又是什麼時候，淪陷在這場殘酷輪迴之中的呢？

第一章

溫特達州某電視台裡──

「你說什麼？這齣戲不是都要拍完了嗎！」

「我說京雅，你先冷靜一下。」

「你要我怎麼冷靜啊？」

一個穿著簡單白色帽T、牛仔褲的年輕男孩質問著眼前的中年男子。

男孩一頭側推的金髮閃耀明亮，髮根處還微微泛著一絲啞光的亮澤，宛如夢幻森林中獨角獸的毛髮。不過此時怒髮衝冠的他沒有獨角獸的優雅，反倒像極了一隻炸毛的貓。

京雅站在製作人面前大聲責問，毫不畏懼對方比他這個亞洲人多出整整一顆頭的高度。

「戲都要殺青了才說要換角，你告訴我哪個經紀人能保持冷靜！」京雅越說越大聲，最後一句如咆哮般地飆吼出來。

「小聲、小聲、小聲──我拜託你小聲一點！我們真的也是不得已的嘛！」

身形高壯的製作人簡直虛有其表，被砲火猛烈的京雅轟得臉色發青。

「怎樣不得已？」

「哎呀，你也知道這一行有『這個』的人最大……」製作人緊張地壓低聲音安撫，哀求京雅別聲張，提到「這個」時還比了錢的手勢。

「因為『這個』而換角，我不是不理解，但是我們家演員的戲分眼看再幾場戲就殺青了！現在這樣不等於劇組要全部重拍嗎？搶角搶得這麼難看，也太誇張了！」

「京雅，這……」

「我說製作，你們怎麼就沒拒絕？新換的那個人是什麼鬼？演技跟臭掉的披薩一樣，你們真的別鬧了！」

「我說京雅，我們合作也好一段時間了，我怎麼會不知道你帶的人實力如何？前幾次合作，觀眾的反應也都不錯……但這次我是真的沒辦法。上頭說要換，我總不能硬槓吧？」製作人一臉難為，把問題拋回給京雅。

這球砸得京雅乾瞪眼，他很想反駁些什麼，卻說不出話來。

沒辦法，他心底也清楚，製作人所說的再現實不過了。

「好啦！好啦！下次有適合的機會，我一定會第一個補給藍好吧？」製作人故作遺憾拍拍京雅的背，「那就這樣。剩下的片酬我們還是會發的，我先走啦。」製作人自顧自地說完，也沒等京雅回應就迅速閃人。

「喂！等等——」

京雅慌忙追出，但走廊已空蕩一片。

眼見製作人消失的速度比閃電還快，京雅無奈地折回寂靜的室內，憂愁地嘆了口氣，陰鬱地看向坐在角落，從頭到尾沒吭半聲的人——

藍・斯托克。

他是京雅在幾年前從一個私人劇團中挖掘的少年演員。

「藍，你好歹也說句話吧？這是你的角色耶。」京雅吹鬍子瞪眼睛，沒好氣地抱怨。

「小京，我沒關係的，反正他們還是會給錢不是嗎？」

只見藍臉色蒼白，屈著膝蓋，縮在角落的沙發上懦弱地說。

「唉……這不是錢的問題。」

「咦？可是我們這也算付出勞力，有得到報酬嘛！」

藍對京雅綻開天真的微笑。

「唉……算了算了。」眼看說不通，京雅擺擺手，無奈地閉起眼，乾脆來個眼不見為淨，可不到一秒又睜開眼睛，「不對啊！不對不對不對……到底為什麼要突然搶角色？這太不尋常了，都要拍完了……」京雅皺著眉頭喃喃自問。

就常理而言，戲已接近殺青，角色出演是塵埃落定的事，除非擔任的演員突發重大的意外事故或人格失態等等，有對劇組的形象造成嚴重影響才會遭到換角，否則即便演員的演技爛到想把他扔進焚化爐裡一萬次，劇方也會硬著頭皮拍完的。

在拍攝即將結束的戲劇裡發生搶角這種事，過去雖不是沒有過，但先例很少。畢竟是牽扯到拍攝成本的大事，通常籌拍方都不會隨意更動。

「到底為什麼？這期間我也沒有得罪誰啊，真是怪了……」

京雅歪著頭左思右想了半天，依舊想不出個所以然來。

就在這時，一旁沉默的藍突然誠惶誠恐地冒了句：

「我想……會不會……跟我之前拒絕的一個星探有關呢？」

「星探？你有遇到星探？」聽見藍的話，京雅身體微微一震，滿臉充滿詫異，「你怎麼沒告訴我？」

「我……我、我想說我沒有要接受啊，所以應該也不用特別告訴你吧……」

老實的藍不知所措起來，他焦急地一邊解釋一邊滑開手機，點開一封郵件給京雅看。

京雅接過手機，快速掃視信件內容。信件大意是稱看過藍之前的所有作品，並且大讚藍是不可多得的天生演員。

呵！藍是天生演員，這點京雅怎麼會不知道？他當年會相中藍，正是因為一眼就看出他具有隱身群眾，也擁有一枝獨秀的潛能。而這幾年，藍的表現印證了京雅的眼光。藍不僅演技自然，能跟各種風格的演員融合，也不需要前輩演員降低自己的程度來遷就他。出演對手戲時，藍能做到錦上添花，沒有台詞的內心戲也用眼神將角色的情緒演繹得絲絲入扣。

看完對手傳給藍的信件，又看了對方附件的合約後，京雅在心裡冷笑一聲，大致推測出了事情的來龍去脈。

可想而知，對方因招攬藍被拒絕，就用下三濫的手段想逼迫藍投降。

角色被奪走，沒有演出機會的話等於沒飯錢，活不下去的演藝人們自然會同意招攬。

「我說藍，你也真傻。對方給你的招攬條件其實開得不錯，算是相當公道的。更何況你跟我之間從來沒正式簽過什麼合約，你接受不就好了？既不會有法律糾紛，也不會有被換角的損失。」

「小京，你說的我、我當然知道，但是做人不能這樣……」

藍怯怯地回應。儘管對方釋出的條件比現在好很多，但藍的內心非常堅定，他是絕對不會背叛小京的。

當年京雅偶然在一間小劇院消磨時間，那時的藍是連台詞都沒有的路人配角，可京雅只憑藍出現的短短幾幕，便看中了毫不起眼的他。

之後京雅不計辛苦，接連數月都風雨無阻地天天來劇院門口等門，說服藍成為自己的演員。最終藍同意辭去劇院那份打雜多於演戲的工作，跟著京雅闖蕩演藝圈。

縱使一開始仍是跑龍套居多，但露臉的次數多了，藍也漸漸能演出有台詞、打醬油的角色，並成為固定劇組的配角班底。

「雖然我沒有大紅大紫，但是這三年來的演出機會比起過去真的好上萬倍。我是真心願意跟著你慢慢爬的，錢什麼的……我覺得過得去就好……」藍囁聲說道，眼神充斥著感激。

沒錯，要不是京雅當時挖掘他，給他自信，他一生應該都只是個窩在小劇院後台的打雜工。

看著耿直又膽小的藍，京雅邊嘆氣邊搖頭：「你也太老實了。」

這個藍啊，在鏡頭前對角色收放自如，一離開鏡頭就是一副懦弱的樣貌，不管誰跟他搭話都彷彿天崩地裂的樣子，這樣要如何與人溝通呢？

唉……京雅不禁想，也許這也是為什麼藍之前被埋沒，淪為打雜的原因吧。想要在演藝圈討生活，實力固然重要，交際手腕也得有幾把刷子才行，否則就像闖關遊戲的勇者沒外掛一樣——死超快。

對於星探私下挖角一事，京雅不爽歸不爽，但知道有人看中自己手中的藝人，京雅心裡還是有點飄飄然。畢竟藍新戲的毛片才釋出不到一個星期就引來大公司招攬，這也間接證明了自己的眼光沒有錯。

看著自己發掘的人才在演藝界裡發光發熱，是京雅人生的重大目標。沒有什麼事情比挖掘包覆在荒石裡的寶玉還令人興奮的了。

京雅回想著那封挖角信，腦內忽然一閃，貌似想到了什麼。他立刻掏出皮夾東翻西找，甚至把皮夾裡的所有東西倒在桌上。

「小京，你在幹嘛？」藍好奇地湊過來。

「找東西，我記得我好像沒有丟……啊！有了！」

一會兒，京雅驚呼一聲，終於在一堆名片、發票的紙山中挑出一張白色硬質、字體燙銀，設計十分典雅的名片。

「我果然沒丟。」

京雅凝視著邊角磨損嚴重，還有一點皺的名片，小聲地自言自語。

名片上只簡單地印著一串電話、一條像是辦公洽詢的地址，還有一個 Ron·Lee 的人名，除此之外沒有多餘的資訊，例如服務項目、公司名等等都沒有。

Ron·Lee……

「朗恩·李……」藍歪著頭，不解地看著名片上的名字喃喃唸道，突然他頓了頓，隨後一臉不可置信地看著京雅，「等等小京，這個朗恩·李，莫非……」

「沒錯，就是那個莫非，挖角你的經紀公司是他旗下的子公司。」

「真的嗎？」

「嗯。」京雅肯定點頭。

「你怎麼會有他的名片？」藍驚詫地問。

「就……過去有個因緣際會吧！我都快忘記這件事了……」

朗恩·李——是歐美演藝圈中赫赫有名的影視經紀人，許多荷萊塢一線的實力演員都是出自他旗下的經紀公司。朗恩·李不單是影視經紀集團的負責人，還是個獨具慧眼的星探，至今有不少挑大梁的演員在被朗恩發掘前都默默無名，但與他合作後一鳴驚人。

據傳，要拿到朗恩·李的名片，可是比排隊上月球的太空票還要困難。

「那個小京……我、我、我覺得有件……事……應該要跟你說……應該……」得知挖角的公司來頭不小後，藍的態度忽然有些侷促，講話也變得結結巴巴。

「你說。」

「那個……其實希爾達和蕭特也收到了招攬。」藍小聲說道。

希爾達與蕭特兩人是京雅在自媒體上經營的歌手，在圈內有一票固定粉絲，也算小有名氣。

「什麼？噢，天啊！是怎樣？」

怎麼自己手上的人都突然遭到挖角了？

京雅扶著發脹的額頭，癱坐在沙發上，不知道是該為自己的眼光被認同感到開心，還是該擔心旗下員工不保呢？

京雅直直盯著手上的名片好幾分鐘，不禁回想起多年前的往事——

這不是他第一次與這位朗恩先生有所交會。幾年前，京雅還在台灣發展時，手上有位動作派演員。歷經一番周折，最後這位演員轉簽給了朗恩，於是他也得到了這張名片。

事後京雅心想，自己與這種宇宙等級的經紀人應該這輩子都不會再有什麼交集了，也就漸漸淡忘了名片的事。不過這下看來，人生懸得很，名片會無意間保留至今也不是全然沒道理。

他翻轉著手中的名片，內心暗下決定。

看來，他注定是要會一會這位朗恩先生了。

§

「您好，不好意思，我叫京雅，我需要見朗恩先生一面。」

今日晴空萬里，京雅踩著清爽的步伐來到用金屬打造的圓弧形櫃檯前，有禮貌地說明自己的來意，並將朗恩的名片遞給櫃檯的服務員。

寬敞的室內周圍用一片片約三公尺高的落地玻璃取代制式的水泥牆面，以櫃檯為中心，將偌大的空間包覆起來，天頂的太陽光沿著交錯排列的玻璃，在大理石地磚上折射出一道道晶亮的光柱。

這裡是整個洲區裡最高端的藝廊，許多極富盛名的當代藝術家都有作品在此展售，藝廊大廳的角落還設有一座古典風的迷你咖啡吧檯，提供藝術家們或贊助人士專屬的客製化咖啡。

這間藝廊正是朗恩．李所經營，同時藝廊的頂樓也是朗恩演藝經紀公司的據點辦公室。

「先生您好，請問您有預約嗎？」

櫃檯服務員的制服熨燙平整，下巴鬍渣剃得十分有型，他檢視過京雅給出的破損名片後，露出客氣的淺笑。

「有需要預約嗎？不是有名片就可以見人了嗎？」京雅蹙眉，不解地反問。

業界有聞，由於朗恩．李的名片從不會輕易給人，在演藝圈內非常稀有，因此誰持有朗恩的名片便能直接見到他，他的名片就如同晉級演藝圈的 VIP 門票。

「基本上是這樣沒錯，但上面沒有交代最近有發名片給任何人，我們需要例行確認。不然請您稍等，我幫您詢問一下好嗎？」

服務員掛著營業笑容，講出SOP的應對說詞。

「那你幫我問一下吧。」

京雅拿出手機看了一下時間，癟了癟嘴。

聽見京雅一口拙劣的破爛英文，服務員忍不住皺了皺眉，但他還是點點頭按下轉接鍵，接通之後沒一會兒，服務員便對電話的彼端畢恭畢敬地說了幾句話。幾秒過後，他掛上電話，再度轉向京雅。

「這位先生，不好意思，因為朗恩先生目前因業務關係，人不在這裡，朗恩先生的祕書轉告請您留下電話，我們之後會再與您聯絡的，好嗎？」服務員一臉歉意地說。

京雅聽完先是回以營業笑容，接著親和的臉龐瞬間轉成嚴肅的冷樣。他冷冷一笑，對櫃檯服務員低語道：「演技爛的話就別演了，看得我一肚子噁心。」

「什麼？」

沒料到對方會是這樣的反應，服務員被嗆到愣住，表情錯愕，頓時沒了聲音。

京雅微微咂舌，展現強悍堅定的姿態，他轉過手機，秀出螢幕上的畫面。

手機上的碼表顯示：九點二七秒。

「一般人正常說話的語速為一分鐘一百八十到兩百字之間，平均一秒能說四個字左右。你剛剛的總通話時間是九點二七秒，扣除你用掉約六秒做開場白、解釋和最後的結語，對方只有三秒半的時間可以說話。請問這三秒半內，真的能把你剛才轉述給我的話講完嗎？」

「……呃……這、這……」

「你剛剛根本就沒有幫我轉接吧？只是轉接替我詢問一下而已，很困難嗎？」見對方眼神飄移，明顯心虛，京雅趁勝追擊地追問。

他在演藝圈走跳也不是一兩天了，這種打發人的迂迴把戲，京雅早見識過不知幾百回了，普通人生硬的演技根本唬不了他。

「這位先生，那、那個，因為我們沒有接到上級的交代，就算……就算轉接了，結果也是一樣的。」

被一刀刺中要點，服務員開始結巴，吞吞吐吐又支吾了半天，仍舊無法完整回應京雅犀利的疑問。

「這不是結果的問題。如果你真的轉接並誠實地替我詢問，卻依然得到這樣的回覆，那我會識相地離開，但你沒有。」

「這……」

「我再說一次，這不是結果的問題。」

「先生，您拿的名片已經嚴重破損，我能合理懷疑這名片並非正當取得的。」

「合理懷疑？」

「沒錯，我想……你並沒有資格見朗恩先生。」

也許是被逼急了，服務員的語氣越來越不好，他話語尖銳，最後居然做了人格攻擊。

受到如此不友善的質疑，京雅沒有生氣，反倒睜大眼，十分震驚地回問：「哦？沒想到這個朗恩給你的權利還挺大的啊，不然你怎麼有資格幫他過濾人員呢？」

「我……」

當下換櫃檯服務員傻了，語塞說不出話。

旁邊的另外兩位櫃檯小姐聽見，紛紛用無比詫異的眼神看向京雅他們。

接著京雅又俏皮地眨了眨眼，刻意壓低聲音，露出曖昧的眼神問眼前的男服務員：「喂！我說你跟那個朗恩是什麼關係啊？」

此話一出，小姐們無比詫異的眼神瞬時變成了無限的鄙視。

「我、我沒有，你不要亂說話！」

遭到含沙射影的指控，服務員慌忙否認，聲音不自覺地大起來，引來過路人的目光。

「奇怪了，我也是『合理懷疑』啊。怎麼你的『合理懷疑』能光明正大地講出來，我就是亂說話呢？」

京雅不屑地瞟了又氣又怒的男服務員一眼，滿不客氣地用名片敲擊桌面，發出「喀喀喀喀」不耐煩的聲音。

一時間，空氣凝結的大廳中充斥著細碎咕噥的竊竊私語，所有人無不揣測這位櫃檯服務員的後台到底有多硬。

「我就說不是了！你不要不實指控！不然我會對你提出告訴！」

頂不住周圍閒言碎語的壓力，男服務員面紅耳赤地對京雅發出怒吼。

京雅也不是省油的燈，他隨即掏出一支錄音筆，放出剛剛從他至櫃檯詢問，到櫃檯人員怒吼的所有錄音。

由於演藝圈內事後反悔的例子太多了，數不勝數，因此洽談時將整個過程從頭錄到尾已經成為了京雅多年的習慣。

「你真的要提告就請便吧，我絕對奉陪。但我好心提醒你，開庭的費用可不便宜，除非你的長腿叔叔願意出資，否則……」

雖然京雅故作搖頭，語帶保留，但任誰都知道未完話語裡的涵義。這下，圍觀人群的討論聲更加激烈了。只見下個瞬間，男服務員一把抓起外套，火速離開大廳，推門時還轉頭對京雅大聲飆了幾句髒話。

「啊……居然逃走了……慢走，不送。」

京雅望著服務員狼狽逃離的身影，心中暗自敲出勝利的響鈴。

他身為經紀人，也在演藝圈打滾幾個年頭了，深知公眾輿論的影響力及常人能忍受輿論的壓力界線，普通人的心理素質是無法承受突擊而來的輿論的。

以牙還牙，以眼還眼，這是京雅在演藝圈裡夾縫生存的原則之一。

敢指控他？想得美。

此時，櫃檯大廳旁的咖啡吧檯處，一位年約三十出頭，西裝筆挺的男人靜靜地將櫃檯處上演的一切納入眼底。

男人深邃的五官襯著微麥色的肌膚，下顎稜線角度優雅，散發出迷人的氣息。一雙綠如翠榴的眼眸在陽光的照耀下，更顯露尊貴的光芒。

朗恩・李隱身坐在牛皮縫製的休閒椅上，等著他專屬的手沖咖啡。

平時朗恩鮮少經過大廳，都是直接從地下停車場搭專用電梯，直達位於頂樓的辦公室。不巧，今天直達的專用電梯在保養，暫停使用，因此他才會改搭一般電梯先到大廳，與祕書會合，沒想到會讓他撞見這樣的一幕。

這有趣的一幕。

「這次的孩子似乎很不一般呢。」

年過半百的咖啡師提著鋼杯，熟練地在咖啡上勾出優美的拉花，遞到朗恩面前。

「哦？看來師傅挺欣賞那個男孩的？」朗恩接過咖啡，打趣地反問。

「至少他是我這十年來，見過第一位與櫃檯對話超過三次的孩子。」咖啡師說著，露出一抹親切的微笑，灰白的鬍子都彎成和藹的彎月狀。

「也是呢。」朗恩唇角微微上揚附和著。

不只對話超過三次，那個金髮的男孩甚至還將櫃檯氣走，反客為主。

朗恩想著，不禁失笑一聲。待咖啡師離開後，他又默默啜起咖啡，暗中觀察櫃檯之後的動靜。

此時朗恩眼裡的京雅就跟過去那些自以為有點長相，就妄想直接闖關，愛作美夢的男孩女孩沒什麼兩樣。以為弄到他的名片便可以直接跳級演藝圈，彷彿自己都不用付出任何努力，就能輕而易舉地成為鎂光燈的焦點。

只不過，雖然朗恩對妄想闖關的行為嗤之以鼻，但京雅反擊的樣子還是挑起了他的一點興趣。

看來這個金髮的男孩還是有點思考能力的。

朗恩啜完最後一口濃郁香醇的咖啡，在心中對京雅下了評語。同時，一個梳著規矩油頭的中年男子急沖沖地穿過大廳，快步走向朗恩，並對他鞠躬致歉。

「先生，不好意思讓您久等了。路上突然遇到了臨檢，耽誤到您的時間真是非常抱歉。」

「不會，剛好看了齣好戲。」

朗恩的嘴角彎出好看的弧度。

「好戲？」

見朗恩沒事的態度，祕書大感不解。平常朗恩對時間可是分秒不讓，原以為自己晚到時會看見老闆一張陰鬱的表情，哪知道朗恩如此平靜。

祕書不明所以地望向後頭的咖啡師，想尋求一些提示，卻得到咖啡師意有所指的笑容，看得祕書一頭霧水。

「先生，您是說……」

「沒事，走吧。」朗恩搖頭起身，並擺出一臉嚴肅道，「看來我該申請一張員工的電梯磁卡了，被自家公司拒之門外的感覺很不好受啊。」

「先生，您別開玩笑了。直達電梯在午間就能正常啟用，我想下班時就沒問題了。」祕書露出靦腆的笑容。

「哈囉！！」

正當兩人準備走向電梯時，面前突然岔出一道人影，擋住了他們的去路。是京雅。

京雅堵在兩人面前來回打量朗恩，還猛盯著他碧綠的雙眼瞧，忽然轉用中文直問：

「你——就是朗恩·李吧？」

「嗯！」

對於京雅突然的詢問，朗恩頗為意外，轉瞬間還以為自己聽錯了。

平時朗恩幾乎不會出現在外人面前，所有公事的交涉都是祕書代為出面，連自家員工也不見得看過自己的樣貌，更何況是知道自己會中文一事，而且還是被一個不知名的外部人士認出來？

「失禮了，我們見過嗎？」

雖然朗恩不記得曾在哪裡見過京雅，不過他還是紳士地特別用字正腔圓的中文回答。

「沒見過。」京雅聳聳肩，直截了當，「但我認得你的聲音。」

聲音？朗恩詫異地挑眉。

「這位先生，不好意思，沒有預約的話我們必須請您離開。」

祕書跨出一步上前阻擋，卻被朗恩用手示意無妨，緩了下來。

「你說你認得我的聲音？」

「我是『辜詠夏』的前經紀人。」京雅特意強調辜詠夏三個字，順勢瞥了一眼後方的祕書，

「我想我應該有資格占用你一點時間吧？」

一聽見「辜詠夏」這個名字，原本態度戒備的祕書肩膀微微顫動，眼中隱隱透出訝異。

相較於祕書的反應，朗恩的表情平靜，不見波瀾。他看著眼前矮他一顆頭，眼神、話語卻充滿挑釁的少年，唇邊勾起一抹謔而不虐的微笑。

朗恩瞇起眼審視眼前的少年。

「當然。」

§

說到「辜詠夏」這個名字，在歐美可是無人不知無人不曉。出身台灣的動作派演員憑著不用替身的實戰演出，贏得演藝圈的一致好評。而辜詠夏的底子硬，幾乎不用剪接，一鏡到底的流暢武打片段也讓有他出演的動作片票房節節高升。

三年前，朗恩看中在亞洲默默無名的辜詠夏時，他身邊的助理兼經紀人正是京雅，同時，辜詠夏也是京雅第一個經手的演員。可惜的是，由於當年京雅不管是經歷還是年紀都尚且不足，自

認無法給辜詠夏更好的舞台，因此只能將辜詠夏轉給來挖角的朗恩。

這件事，也成為了京雅職涯的轉捩點。

由此他懂了，帶人不僅要有背景、要有手段，更要有權力。

唯有權力，才能將自己的人往上推。

這個人人羨慕的鎂光燈世界，並不是有付出就有回報這麼簡單。想要有曝光就必須有權利，想要獲得權力就必須有犧牲，而且「犧牲」還不一定能換到想要的。種種潛規則與交易手段都讓京雅覺得骯髒至極，他多年來都融入不了這種暗文化，所以選擇作為一個獨立經紀人。

不過，沒有經紀公司當靠山的京雅也因此處處吃悶虧，好在他有不錯的看人眼光，由京雅挖掘的藝人總能憑藉一身才藝混得幾口飯吃。整體而言，藝人經紀的這一行裡，京雅雖名不見經傳，但也沒到窮困潦倒的下場。

京雅跟著朗恩走進電梯，一同來到頂樓的辦公處。

當電梯門一開，京雅立刻被眼前的空間驚呆了！！

壯麗挑高的樓中樓空間映入眼簾，高級的絨布地毯鋪滿整片地板，四根希臘風格的宮殿廊柱佇立在眼前，橡木色的廊柱底座刻著精緻繁複的圖紋。接著，一道八字形的木造階梯從廊柱後面延伸至牆底，並向左右兩側綻開，將空間劃分成上下兩層，樓梯中央的階台前立著一個天使模樣的古銅色照明燈。天頂嵌著幾何造型的窗框，黑色鐵框彎成優雅的弧度，與玻璃拼接成圓弧形的頂棚。由上灑下來的陽光像金粉一樣，點點落在大廳牆面一盞浮雕精美的壁鐘上。

與一樓藝廊簡潔的設計相違，這裡充滿濃濃的歐式風情。樓梯中央的天使雕像與工藝繁複的壁鐘畫龍點睛，展現出空間恰到好處的奢華風韻。

——是鐵達尼。

「這是！鐵達尼號裡的大廳！太厲害了！」

一踏進這裡，京雅彷彿穿越到了一九一二年的鐵達尼號上。他忍不住瞪大雙眼，不停張望環視眼前幾乎一比一還原的電影景象，嘴邊驚呼連連。

「不錯，這是家母最愛的電影場景。」

朗恩看到京雅的反應，非常滿意，從來沒有人進來這裡後不驚嘆的。

隨後，他們來到「鐵達尼號」二樓的其中一間「臥房」。推開門，室內約二十坪，依然是奢華的歐式裝修，壁爐用一整塊大理石雕砌而成，絢爛的彩色玻璃窗每扇都有價破萬美元的價值。「臥房」中央的桌上放置了一台電腦，看來這裡是被當作辦公室使用。

進入辦公室，朗恩看也沒看京雅，逕自坐上一張氣派的旋轉椅，開始瀏覽起電腦一邊說道：「原來你就是幾年前那個一把鼻涕一把眼淚，在電話裡哀求我收下宰詠夏的小鬼。」

「我沒有哀求你，只是『同意』將詠夏哥交給你。」京雅像觀光客一樣，好奇地參觀室內的擺設，糾正完朗恩的用詞還用幾乎聽不見的鼻音不悅地哼了聲。

「我先去泡茶。」

這時祕書恭敬地說，不料卻遭到京雅一口回絕。

「不用了，謝謝，我沒有要久待。」

聽見對方冷漠的回答，朗恩綠色的雙眸閃爍一陣，可依舊沒有目視眼前的人。

如果說，得到朗恩・李的名片會比上太空還困難，那要喝到他待客茶的機率就跟想在宇宙中吸上一口氧氣般渺茫。

過去，每個得以見到朗恩的藝人，誰不希望能與他促膝長談呢？俗話說見面三分情，見面時間越久，就有更多機會。然而敢斷然拒絕他留客的人，面前染著金髮的男孩還是第一位。

看來老咖啡師傅的話準確率頗高——這個男孩，的確不一般。

「話說回來，你成年了嗎？」

「我二十二歲了。」

「喔！亞洲人還真是不顯老，我以為你才國中呢！」朗恩似笑非笑地回應道。

聞言，京雅收回觀光客的目光，聲音一沉：「那我只能說是你識人不明嘍。唉……真可惜，難道業內傳言朗恩・李的審人眼光犀利、準確的事情，是貴公司用錢洗出來的廣告嗎？」

京雅的神情一派輕鬆，輕快的話語裡帶著假意滿滿的惋惜，還有明槍暗箭的敵意。

「這位先生，你不可以出言無忌。」一旁的祕書忍不住出聲怒斥。

「哼！有人就可以目中無人。」

京雅不屑地轉頭。

兩人劍拔弩張之時，後面卻傳來朗恩渾厚爽朗的笑聲。

「沒關係，埃斯珀。」

「先生！」

祕書不明白，為何朗恩會容忍這位放肆的青年？

「剛剛的發言確實有些不妥，是我失禮了，請坐。」朗恩對祕書擺擺手，接著他目光諦視在京雅身上，比了比辦公桌前一張椅面織有繁複瑰麗圖騰的躺椅，示意京雅坐下。

「先生，這……」祕書還想再說點什麼，卻被朗恩制止。

「埃斯珀，你先出去吧。」他下令。

「是。」

祕書埃斯珀收到指令，只能轉身離開，關上門前還警告似的看了眼京雅。

待祕書撤出辦公室後，朗恩緩緩開口：「京雅。沒錯吧？」

「原來你知道。」

「這幾年辜詠夏沒少提起你，只是你的態度與我的記憶很不一樣。」朗恩笑了笑，雙眼終於正式停留在京雅身上。

雖然朗恩與京雅在幾年前因為辜詠夏，有通過一次電話，但除此之外再無交集。印象中，電話裡的京雅感覺要比現在更柔軟一些。

「人的記憶並不可靠。」京雅說。

「似乎聽過這樣的理論。」朗恩微微哼笑，看似不在乎京雅的反駁。

「嗯哼，既然你知道我是誰，那我就省去自我介紹，直說了。你這次挖角我家演員的手法太難看了。」京雅果真沒有拐彎抹角，直搗核心。

「你的演員？」朗恩不解地瞇起眼。

「藍．斯托克。」

京雅一臉不耐煩地給出提示。

「喔喔……」朗恩思考了半晌，「是那位正在拍攝影集的演員？他是你的演員？我記得他沒有所屬公司……」

「沒有所屬的公司，不代表沒有經紀人。而且你們早在這部影集開拍前就挖角他了，卻在快拍完時才砸錢，逼人點頭。要是不答應就等於前功盡棄，這手段太噁心了。」

京雅一鼓作氣，把他對朗恩他們的不滿一下子全倒了出來。

「我們並沒有犯法，這是很正常的商業手段。」朗恩嘴角帶著微笑地欣然道。

「我知道，所以我這次是來跟你談判的。」京雅直接挑明來意。

「談判？」朗恩詫異地挑眉，眼神冷冽地傲視京雅，「跟我談判是需要籌碼的。請問你有什麼呢？」

「希爾達和蕭特。」

「嗯哼，這兩位都是在自媒體上小有名氣的歌手。」

「這兩位我可以轉給你，但藍不行。」

「你說什麼？」

朗恩聽聞，整個人立刻從椅子上站起來，如寶石般的碧綠雙眸不可置信地注視京雅。

「幹嘛？聽不懂人話啊？你們不也同時在招攬希爾達跟蕭特嗎？」

京雅被無預警起身的朗恩嚇到，雙肩微微一震，身軀跟著退了一步。

「你說那兩個人也是你的？」

得知自己看中的另外兩名歌手也是京雅底下的人時，朗恩心底著實駭然。他繞出辦公桌，嚴肅慎重地走到京雅對面的會客椅前。

「你不信？我有合約為證。」京雅說著，從包包裡拿出一份資料夾，繼續說道，「雖然作為我個人，我真的覺得你的手段卑鄙又無恥。但是作為一個經紀人而言，我認同你看人的眼光。」

「呵呵呵呵呵。」

朗恩聽京雅如此直言不諱，忽然沒好氣地大笑出來。

在這個世界，向來只有他認同別人的眼光，從不需要別人來認同他。

「笑什麼？」

京雅不懂朗恩的心緒，只覺得眼前的人突然大驚大笑，像神經病一樣。

「沒什麼，能得到你的認同真是我的榮幸。」

朗恩搖搖頭，收回爽朗的笑聲，換上淺淺戲謔的微笑。

「哼。」

口是心非。京雅冷哼，傲氣地別過頭。

「你非常執著藍．斯托克，為什麼呢？」

「跟你無關。」

見京雅沒有要回答的意思，朗恩作罷，聳聳肩繼續提議：

「不然這樣好了，我有個方案，你不妨參考一下。」

「說吧。」

「既然你是獨立經紀人，不然，連你也一起加入我們的團隊如何？我想這是個雙贏的策略。如此一來你既可以繼續帶人，手上的演藝人員也不用換合約，能得到公司最好的行銷輔助。你覺得如何？」

「我不要。」

京雅兩眼炯炯地直瞪著朗恩，又一次斷然拒絕他。

「不考慮？」

「不、考、慮。」京雅再次強調。

「這是個好機會。」

聞言，朗恩冷哼一聲。他拋開沉著的表情，盛氣凌人地緊盯京雅，眼神及語意中透著一絲威脅的氣息。

「怎樣？你給機會，我就一定要接受嗎？」

接受到威脅的意圖，京雅非但沒退縮，反而迎刃而上。

面對他的邀約，朗恩沒遇過如此斬釘截鐵地拒絕的人。京雅無畏的氣勢讓他不禁噤聲。

「三年前，是我自認沒有能力給辜詠夏更高更好的舞台，所以當我知道你來挖角他時，我是舉雙手贊成的。但現在不一樣了，我會用我自己的能力證明在我手上的藝人，發展不會輸給你。」

京雅聲色俱厲地宣示。

沒錯，三年前他把辜詠夏往外推時，除了開心，也深深地不甘心。

他開心詠夏哥有更好更明亮的未來，但同時也對自身的能力不足感到不甘。

他不能讓這樣的挫敗再次發生。

「這是在向我宣戰？」朗恩努起嘴，故意裝了一個可愛的表情。

「你覺得是就是。」

「我很期待。」朗恩眨眨眼，噙著微笑說。

京雅厭惡地瞥了一眼朗恩討人厭的笑容，直接起身走人，連門也沒有關。當他拐下樓梯時，看見電梯早就開著門在等他了。京雅不屑地對祕書翻了個白眼，大力按下關門鍵。

看著京雅乘坐的電梯抵達一樓，祕書埃斯珀一臉鐵青地折回辦公室。

「怎麼了，埃斯珀？一臉可怕。」朗恩開祕書的小玩笑。

埃斯珀看了敞開的門一眼，呼了口氣，他實在不太喜歡這個沒什麼禮貌的孩子。

「先生，那個人真的太過冒犯了，這樣直闖實在有勇無謀，我們大可以不用理會他。」

聞言，朗恩沉默了幾秒，然後投給埃斯珀一記意味深長的淺笑：「埃斯珀，你記得他剛剛說他自己幾歲嗎？」

「呃……二十幾……二十二？」埃斯珀皺了一下眉毛，努力回憶方才不太愉快的對話。

「是啊，二十二。」朗恩的嗓音逐漸下沉，接著道，「所以等於他十五歲時就發掘了辜詠夏。」

「啊！十五歲？」頓時，埃斯珀陷入驚嘆失聲。

「那時的辜詠夏是個連露臉機會都沒有的替身演員，要挖掘一個負值的人才，你認為他有的只有勇氣而已嗎？」

「這……的確……」

埃斯珀恍然大悟，頓時明白朗恩的心思，因為十五歲這個年紀也正是他的主人——朗恩．李第一次帶人的年歲，以另一種角度解讀，京雅可說是一個隱藏的對手。

「還有我們目前在談的三組人，藍、蕭特和希爾達，全是他的人。」朗恩說。

「什麼？三人都是？我的天……這、這太不可思議了！」

祕書埃斯珀轉頭望著京雅方才坐的位子，發出錯愕的驚嘆。

然而覺得不可思議的不止埃斯珀，朗恩也若有所思地將目光投向那張空蕩的椅子上，彷彿京雅還坐在那裡。

「那我們人員招攬的事宜……」埃斯珀試探性地問。

「當然是繼續。就照原定的方向執行，無論如何都一定要將人簽到。」

「無論如何……嗎？」

沒想到這世界上有人的眼光和自己高度重疊，這點讓朗恩相當感興趣。腦海中閃過京雅與自己對峙時倔強的樣子，他不由得露出一絲冷笑，微微抿唇接續說：

「就當作閒暇時陪孩子玩一場遊戲吧。」

「我明白了，我會交代下去的。」

「呵，讓我們看看他能走到哪一步。」

他倒要瞧瞧這個京雅究竟有多少能耐。

「那我後續再跟您回報。」

祕書畢恭畢敬地回覆，朗恩則是輕輕點頭，直接結束這個話題。

只是向來思考縝密的他，卻錯估了這場遊戲讓人成癮的致命力。

第二章

然而事實證明，要與一個龐大的體制對抗，京雅簡直就是小蝦米對抗大鯨魚。

才和朗恩宣戰後不到兩週，希爾達及蕭特便急切地向京雅提出終止合約的要求。

京雅當然知道他們為何這麼急著離開，可他沒有戳破，只是意思意思地收了幾百美元的違約金，將自媒體營運的帳密交付出去，乾脆地放人，沒多囉嗦什麼。

知道京雅近日來心情低落，貼心的藍主動提議要請京雅吃飯，雖然是去公路旁的家庭餐廳，不過對錢包見底的兩人而言已經是非常奢侈的享受了。

「小京，沒有關係啦！工作嘛，再找就有了，而且我多接一些跑龍套的角色就好了啊。」藍咬著可樂吸管，暖心安慰著愁眉苦臉的京雅。

「希望如此。」

「噯，對了，你可以幫我多接一點演屍體的，我覺得那還不錯耶，可以畫有趣的特效妝，還不用背台詞。嗯嗯，挺好的。」藍自顧自地講著，進入了演員的幻想世界。

「這樣啊，既然如此，我就讓你嘗試各種不同的死法吧！」

面對天真的藍，京雅努力擠出一個勉強的微笑。不過他心裡清楚，工作哪有這麼好找。

已經兩個月了……自從他離開朗恩的辦公室後已經過了兩個月，這些日子以來，不管什麼樣的戲劇或舞台的出演、商演機會，甚至是大大小小的龍套角色，京雅都沒少跑過。但無論怎麼拜託，連一個不用台詞的路人角色都得不到。那些製作方的口徑一致，皆用「希望出演的演員是由經紀公司接洽，公司對公司合作比較有保障」的理由回絕了。

這個推託說詞，京雅一聽就知道是針對自己而來的，沒有公司靠是個人經紀最大的致命傷。

他知道，這一定是朗恩那裡交代的統一回答。

京雅思索著，又陷入了沉默。他明白演藝圈很封閉，但沒想到他連半絲機會都沒有，整整吃了兩個多月的閉門羹。

坐在對面的藍嚼著冰塊，把最後一口可樂喝掉。他天真歸天真，但並不意味著感受不到他人的心思，更何況是自己最信任的夥伴，京雅的沮喪他怎麼可能察覺不出來呢？

「小京，今晚我請你喝一杯吧？」

須臾，藍對京雅說，而京雅聽見藍的提議，反倒噗哧一聲笑了出來。

「一個未成年請我喝什麼酒啊？再說，這頓已經是你請了。」京雅比了比桌上的餐點。

「你也沒點什麼餐啊，只點了雞塊，而且……嘿嘿！你看，我今天成年嘍！」藍打開皮包秀出他新得到的駕照，一臉驕傲地說。

「你成年了？」京雅大喊，抓過藍的駕照仔細一看，生日確實是今天。「天啊！我忘了你的生日！」

「沒關係，我知道你最近有很多煩心事。」藍體貼回應。

「抱歉啊……藍……」

居然要自己的藝人反過來擔心自己，京雅自責極了，深覺自己身為經紀人的失敗。

「說什麼抱歉，我們不是夥伴嗎？走啦，你要負責陪壽星慶祝！我們今天不醉不歸，煩惱就留給明天吧！」藍戳了戳京雅憂愁的臉，欣喜提議。

「也是，煩惱就留給明天吧！」

「好耶！喝酒！」

見京雅露出笑容，藍開心極了，拉著京雅直衝市區酒吧。

今晚就放縱一回吧！京雅想，暫時把現實的煩惱全拋諸腦後，好好享受一下人生當前的快樂吧！

§

翌日早晨，京雅跌跌撞撞地爬出地鐵站的樓梯，拖著微醺的腳步往出租公寓前進。

泡了一整晚的酒精，京雅的臉頰尚泛著酒帶來的紅暈，他意識微懵，踉蹌地遊晃在陽光閃耀的街道上。

街上精神抖擻的民眾與京雅一一擦肩而過，人們對美好早晨抱有希望的神情，不知怎麼的使京雅覺得很刺眼，腦中忽然浮現朗恩輕蔑的笑臉。

他用力聳動肩膀，猛力甩頭，想強行把那可惡的臉甩離腦海。不過非但沒甩掉，還接連想起自己這些日子連連碰壁的遭遇，京雅忍不住咂舌。

原來酒精的效用只有一個晚上嗎？難怪買醉這檔事需要每天啊……

京雅內心無奈地嘆氣，為了振作精神，他順路在轉角的小攤販買了一瓶水，企圖驅走酒意。才擰開正要喝時，手機突然傳來一串新郵件的提醒聲。

好奇地打開手機一看，螢幕上顯示的來信者是之前某位邀請藍去英國試鏡的製作人。

應該是要通知開鏡日程吧！京雅心想著，迫不及待地點開郵件。

還好藍先前在英國的試鏡挺順利的，雖然只獲得第二男配的角色，不過這是藍至今為止得到最好的位置，而且劇本相當不錯，只要影片上映，多少能回收到一定的迴響，也許情況不會太糟。

直到剛才為止，京雅的未來還頹喪渺茫，但收到信的這一秒，原本被酒精模糊的視線瞬間清晰起來。

果然是峰迴路轉，柳暗花明又一村。

京雅暗自安慰自己，臉上露出欣喜的笑容，不過下一秒他就被現實打趴了。

隨著信件的一行行內容跳出眼前，京雅知道，這是一封婉拒信。

簡單來說，就是劇組的出資者安插了一位空降的演員來飾演藍的角色，由於推拒不了資方，劇組只能對藍說抱歉。

信件的後半段全都是公關迂迴的文字話術，什麼覺得萬分可惜、深感遺憾、劇組在兩位演員之間難以抉擇，進退兩難，希望未來有機會再合作等等的狗屁道歉。

「錢錢錢！這些勢利的傢伙！才能哪是錢買得到的！祝你新戲爛評如潮，可惡——」

京雅越看越火，還沒看完就直接刪除信件，舉起手中的寶特瓶往地上砸，嘴裡夾雜著一連串火爆難聽的髒話。

水瓶摔到地上後破裂，瓶中的液體飛濺而出，這舉動嚇壞了所有路過的民眾，大家驚惶失色地紛紛慌張走避。

京雅愣怔地盯著地上破掉的瓶身好幾秒，如山壓頂的巨大挫敗感轟然而至，莫名有股想哭的衝動。他大力按住胸口，努力調整呼吸，在心中不斷告誡自己——

你不能哭，京雅。

你不能低頭。

你要證明，這個世界就算只有自己也辦得到。

沒錯，這個世界就算只剩自己孤軍奮戰，你也要做到。

實際上，世界不是處處都有心靈雞湯，並不是我們對自己信心喊話、激勵自己振奮起來，下一刻就會發生美妙奇蹟，來個一百八十度大迴轉。

俗話說，屋漏偏逢連夜雨，此時沒有哪句話能更貼切地形容京雅的處境了。

怒意、難過、失望、不甘心，一路上京雅好不容易消化掉一連串的情緒，整理好心情，回到那勉強能容身的公寓。他腳步疲倦艱困地爬上六樓，剛掏出鑰匙，卻驚恐地發現大門居然沒鎖，呈現虛掩著的狀態！

當下京雅心中警鈴大響！大事不妙！

他承租的這棟公寓，周圍區域的治安不太好，一到晚上總會有疑似嗑藥的人或不良分子三五成群地聚在街道上，偶爾還會發生鬥毆事件。

縱使藍多次勸他搬到別的地方，不過這裡的租金非常便宜，離一個小地鐵站也僅相隔著幾個街口，於是再三權衡後，京雅還是決定繼續住下來。他自認自己一窮二白，應該連小偷都會唾棄他，沒想到……

房門一開，眼前的慘況讓京雅差點暈厥。

室內一片狼藉，能換錢的東西幾乎被搜刮一空，竊賊居然連他放在桌上的隱形眼鏡、角落沒洗的衣物也不放過。整個房間裡除了床架、衣櫥等等笨重的大型家具之外，無一倖免，可說是被偷得連渣都不剩。

京雅癱坐在門口恍神好一會兒，隨後貌似想起了什麼，整個人激烈地彈起來。

他火速爬到床邊，吃力地把破舊的床墊掀起，並在一道裂縫中瘋狂抓撈，不久後從床墊底部拉出一個手掌大小，附著鎖的日記盒。

日記盒表面精美的塗漆已經嚴重斑剝，看得出來年代久遠，但側邊的鎖還完好。

京雅喘著氣，胸前劇烈起伏。他將盒子緊緊抱在懷中，以緩和自己差點崩潰的情緒。

「還好，還好……」

見盒子還在，這一刻京雅蹦跳的心臟才逐漸穩定下來。

§

翡蔭大道，是市中心裡連接一處中產階級社區的主要道路。

社區整齊的棋盤路兩側，種植著一株株高大的楓樹，植木沿著大道的兩側綿延而下，在正值秋高氣爽的時節裡，焦紅的楓葉宛如劇場中美麗的帷幕，由道路兩側如瀑而下。

一眼望去，社區裡坐落一戶又一戶風格各異，氣氛高檔的獨院住宅。這裡離市中心距離適中，且戶與戶的棟距寬廣，是許多名門大戶首選的居住地段。

京雅徘徊在翡蔭大道的路口前，思考著要不要進去。

大道的中段有座兩層樓的獨棟住宅，灰白色的外牆與墨綠的門扉搭配起來簡單時尚，而那棟房子的主人正是京雅之前負責的演員——辛詠夏。

京雅躊躇地來到辛詠夏的家門口，緊緊盯著墨綠色的門良久。期間他曾幾度掉頭，但又被口袋的現實逼回門前。除了幾塊零錢，京雅現在什麼都沒有。

「就兩天吧！拜託詠夏哥讓我借住兩天就好！這兩天等門修好、卡補辦好就好了……」京雅在紅磚道上來回踱步，發瘋般地自言自語。

就算京雅知道只要他開口拜託，辜詠夏一定會義不容辭地收留他，甚至就此讓他留宿，但是……畢竟多年沒見，再現身卻是有難之時，京雅總覺得這樣的行為有些勢利，因此只能焦躁地在門口來來去去。

但話是這樣說……可是這幾天他能去哪裡？所有東西都被偷就算了，惡房東甚至趁火打劫，不講理地要他賠償門鎖毀壞的損失。現在的京雅連最廉價的青年旅店都住不起，哪還顧得上什麼禮儀面子。

無助的京雅在辜詠夏家門前猶豫良久，最後終於鼓起勇氣按下門鈴。

門鈴響後，只聽見屋內有人模糊地應聲，接著大門開啟，一個身材修長，相貌秀氣的男人前來開門。男人蓄著灰色短髮，氣質看起來有些貴氣。

「小京？」灰髮的男人推門，看見京雅立刻驚呼。

「小、小成哥？你怎麼在這裡？現在沒戲嗎？」

京雅眨眨眼，一臉詫異！很意外來開門的人不是辜詠夏，而是江成允。

江成允自童星開始就在台灣演藝圈打滾，如今是亞洲影壇叱吒風雲的影帝級人物，同時也是辜詠夏的戀人。辜詠夏在默默無名時曾擔任過江成允的替身，當時江成允就與京雅認識了。

「我來度假。我是有聽詠夏說你也來這裡了，不過怎麼不先打電話？」

「手機……剛好沒電了。」京雅拿出死透的手機尷尬一笑，「抱歉……我沒想到小成哥會來，不方便的話我先……」

「沒事沒事，外面冷，快進來！」

不等京雅把話講完，江成允便熱情地拉著京雅進屋，貼心地替他把外套掛好，還泡了杯熱奶茶給他。

「謝謝小成哥，沒想到小成哥還記得我喜歡喝什麼呢。」京雅捧著香醇的奶茶，一屁股栽進軟軟的沙發。奶茶的香甜氣息及室內暖爐溫暖的溫度，讓疲憊的京雅幾乎快睡著了。

「我怎麼可能忘記我們家小京愛喝的呢！」江成允對京雅寵溺一笑，古靈精怪的京雅就如他的弟弟一樣。

當年辜詠夏隻身一人赴美發展，與江成允分隔兩地的期間鮮少與他聯絡。那時多虧有京雅常常陪伴，江成允才得以熬過那段痛苦相思的時期，他是真的打從心底喜歡這個孩子。

「你來這裡之後都快一年沒聯絡，我跟辜詠夏還以為你不要我們了。」江成允嘟起嘴，假裝傷心地嘆氣，「唉，孩子大了，果然翅膀硬了嗎？」

「我怕別人覺得我在消費詠夏哥嘛！給人一種靠爸的感覺……不是很好……你也知道的，這世界流言蜚語很恐怖，我怕詠夏哥的名聲會變糟……」京雅認真解釋道。

他並不是不想聯絡辜詠夏，只是他真的有諸多顧慮。雖說有了「發掘辜詠夏的經紀人」的這塊招牌，京雅在演藝經紀界鐵定能混得風生水起，只是自尊心高的京雅不允許自己靠裙帶關係，他想用自己的實力來爭取機會。因此自宰詠夏轉往歐美發展走紅後，京雅便漸漸斷了與宰詠夏的聯繫。

「傻孩子，時代不一樣了，有爸有資源就要盡量靠，知道嗎！」

「是，我知道了。」

京雅咧嘴露出傻傻的笑臉。在江成允和宰詠夏面前，他覺得自己不用逞強，永遠是個備受寵愛的弟弟。

江成允點點頭，默默補上一句：「更何況這個世界，有流言總比沒流言好。」

「嗯……也是。」京雅心有戚戚地跟著回應。

演藝圈中，不管好評惡評，只要媒體還願意報導，至少代表還是個咖，若連惡評都沒有，那就真的玩完了。

「奇怪，詠夏哥呢？怎麼沒看到？」京雅疑惑地問。

他都進屋好一會兒了，卻遲遲沒見到宰詠夏現身。

「啊啊啊！差點忘了，他在酒窖裡挑酒，等等就上來。」江成允撕開一包藍莓餅乾放在京雅面前，順勢在他身旁坐下來，「對了，你今天怎麼來了？」

「啊……小成哥，其實……」

京雅猶豫了一下，才剛準備開口向江成允訴說自己的遭遇，就聽見地下室樓梯傳來窸窸窣窣，似乎有人交談的聲音。

「噢……你們有訪客？那我……」

「沒事，那個人你也算小認識。」江成允比著小小的手勢，神神祕祕地說。

「我算小認識？」

京雅歪著頭，絞盡腦汁地回想過去略有幾面之緣的人。

不一會兒，宰詠夏從地下室姍姍走上來，卻在看見客廳的京雅後一臉激動。他衝過去一把勒住京雅，開懷大笑道：「你怎麼會突然出現？怎麼不先打電話？」

「詠夏哥，你、幹嘛跟小成哥問一樣的問題啊？」

雖然被勒得肋骨發痛，但京雅依舊很開心能見到久違的詠夏哥。

「話說今天是什麼黃道吉日，怎麼大家都來了？來，小京，我跟你介紹，這是我現在的老闆，你們以前通過電話，你還記得嗎？」

「什……老闆？等等，你老闆不就是——」

宰詠夏大方介紹起來。京雅聽到老闆這個詞時還來不及反應，一回頭，便見到朗恩輕蔑的笑臉赫然出現眼前。

瞬間，京雅累意全散，他死命地瞪大眼，將朗恩從頭到腳看了兩遍，確認從酒窖出來的人確實就是朗恩本人後，一股冷顫不由得從腳底麻到頭頂。

今天哪是什麼黃道吉日，根本是百年一現的大凶日！

「嗨！小京，好久不見！看來我們挺有默契的，都挑同一天來拜訪朋友呢！如何？一起喝一杯吧？」朗恩舉起剛挑的陳年好酒，向京雅輕快地打招呼。
相形朗恩的爽朗，京雅臉色刷地一下沉重起來。
「不准叫我小京。」
京雅語氣放低，毫不客氣地回話。他古怪的態度讓原本開心的氣氛突然暗沉下來，一旁的江成允嗅出兩人之間似有問題，立刻轉移話題。
「那個小京，今天……」
「小成哥，謝謝你幫我泡的奶茶。詠夏哥，我今天來這一趟就算我打過招呼了，先走了。」
京雅快語說完，轉頭直接走人。
「小京！外套——！」江成允急著追出客廳，但京雅的身影早已消失在門口了。
「你們認識？」
客廳中的辜詠夏顯然還在狀況外。
「哈哈哈哈哈哈！算認識嗎？還是不算呢？」朗恩一臉意有所指的表情，他走向大門接手拎走江成允手中的外套，轉頭看了辜詠夏一眼，「我去找他吧！身為現任老闆，有義務好好感謝發掘你的伯樂。」
說完，朗恩跟著離開，留下錯愕的辜詠夏。
「小京跟朗恩認識？什麼時候？我怎麼沒聽說？」
「就是在你沒聽說的時候認識的嘍！」江成允凝視著朗恩遠去的背影，若有所思地關上門。

「怎麼了？」

察覺江成允微妙的心情變化，宰詠夏從背後摟住他，鼻尖親暱地磨蹭愛人修長的頸肩。

「小京的外套裡，裝著那個小鐵盒。」

「嗯……」宰詠夏一聽，當即愣了一下。

與京雅相處多年，他自然知道那個盒子對京雅來說比生命還重要。在台灣的時候，京雅一向都會把鐵盒鎖在櫃子裡。

「他該不會出了什麼事吧？」江成允憂心忡忡地說。

「別擔心，朗恩不是追出去了嗎？」

「是沒錯啦，你知道盒子裡裝著什麼，對嗎？」

江成允轉過頭，親暱地啄了一下戀人的鼻尖。

「以前小京看得入神，沒發現我進房時不小心看到過。你呢？看過？」

「嗯，台灣……不是很潮濕嗎？之前那個盒子因為生鏽打不開，小京來找我幫忙撬開，所以就知道了。」江成允說。

「我以為小京笨手笨腳的，來這裡一定會馬上哭哭啼啼地來找我，沒想到他能在這片土地上自己獨立闖蕩了。」宰詠夏回應著戀人，在江成允的唇上印下一吻。

「說什麼啊，小京在台灣就非常能幹了！連我家的人妖經紀人都頻頻誇他耶！雖然三年說長不長，說短不短，但確實改變了很多事情……」

「我離開台灣也三年了啊……」宰詠夏輕嘆。

「喂！難得我們同時沒有戲約可以見面，這位先生沒有打算給點獎勵嗎？」江成允說，轉過身伸手勾住宰詠夏的腰，曖昧地將他拉向自己。

「在這裡？」宰詠夏瞄了一眼玄關，眼底閃出一絲驚喜的火花。

「我沒差喔。」江成允的唇彎起魅惑的弧度。

「雖然這裡也很不錯，但很容易受傷耶，身體可是演員吃飯的工具啊！」

宰詠夏笑了，愛人甜膩的邀約哪有拒絕的道理。他拱起手臂，一把將江成允扛進臥房。

相較於屋內甜蜜的兩人，反觀屋外的京雅則是體內怒火中燒，火冒三丈地走在街上。

「為什麼那個人會在那裡啊！」

朗恩揶揄的笑臉如跳針般反覆在京雅的腦海重播，滿肚子氣積得他渾身難受，終於忍不住在路邊吼叫起來。

他今年到底是犯太歲還是怎樣？真是諸事不順。

京雅在小宇宙內瘋狂爆走，各種髒話盡出，氣憤的他還差點踩到一隻松鼠。

只見小松鼠受到驚嚇後吱吱亂叫，一溜煙地竄走，逃回樹上。

「對不起喔，真的對不起……」京雅一臉歉意地望著楓樹。

「你在跟誰對不起？」

此時，朗恩渾厚的嗓音霍然在京雅背後響起，嚇得他倒退一步。

「你別過來！」

京雅厲聲警告，扭頭快速離開。

「京雅。」

「走開！」

「京雅。」

無論後方的朗恩怎麼叫喚，京雅死都不回頭。

「你忘了東西——外套不要了嗎？」朗恩喊道。

「不要！！」

「那我丟了。」

「請便！！」京雅頭也不回地直直往前走。

「我丟了，連這個盒子。」

聽見盒子兩個字，京雅腳步急煞。他一轉頭，就看見朗恩笑吟吟地擺弄手上的盒子，作勢要丟進行人道上的垃圾桶。

「等等！！」

京雅狼狽地低下頭，心不甘情不願地折返。

見氣呼呼的人兒朝自己走來，朗恩不自覺露出清爽的微笑。

「這幾天工作還好嗎？」

「不要明知故問行不行！拿來！」京雅氣急敗壞地回嗆，一個箭步上前大力搶過盒子。

「呵呵呵，看來不太好啊。需要我幫忙嗎？」

朗恩的語調爽朗明亮，與那天在頂樓辦公室的低沉脅迫有一大段出入。眼見面前的人一副好好先生的模樣，但背裡不知盤算什麼，京雅的目光明顯露出警戒。

「少在那邊假好心。」

朗恩扯了扯嘴角，換上意味深長的笑容。他伏下身，刻意將唇貼在京雅耳邊悄聲說道：「求我吧，看在我們算有點交情的份上，也許我可以給你一點方便。」

朗恩的呼吸輕輕刮過京雅耳際，使京雅的臉頰瞬間刷紅。他瞪著圓眼，立刻摀住耳朵，驚嚇地往後彈了好幾步。

「別肖想了！色老頭！」

所謂的「一點方便」，其實就是陪吃、陪玩、陪睡，不管陪什麼，反正就是用身體換，這已是業界心照不宣的老規則。

「本人今年芳齡三十四，身材標準，應該還沒到老頭的階段。」朗恩玩味地皺眉，拉起襯衫露出一小截訓練有成的腹肌，打趣地推銷自己。

「少廢話，對我來說你就是老頭！」

「這樣啊，但對我來說，你已經是大人了喔。」朗恩彎起唇角，一雙綠眼在京雅精緻的頸肩游移。

「齷齪！」

察覺朗恩赤裸裸的視線，京雅怒斥，一邊用外套圍住脖子，頭也不回地大步跑開。

「呵呵呵。」

看京雅炸毛的模樣彷彿一隻飽受驚嚇，逃之夭夭的小貓，朗恩樂壞了，他抿著嘴，忍不住失聲竊笑。

實在太有意思了。當然，朗恩知道傲骨的京雅是絕不可能答應他「一點方便」的提議，這不過是他一時興起的玩笑。可不知何故，京雅憤怒的表情總讓他感到非常有趣。

§

夜幕低垂，市中心高樓外圍的廣告牆相繼點亮，街道開始閃爍一盞盞絢爛霓虹。

工作一天的人們紛紛返家休息，不過流連夜晚的男男女女一日的精彩才正要開始。

這裡是慾望之城，也是夢想之城。

無數人抱著理想，不辭千里地來到這裡追夢，但許多人都忽略了要到達彩色夢想的彼岸前，有條深不見底，名為「現實」的洪流。

今晚有多少人跟自己一樣，為跨越現實的洪流而筋疲力盡呢？

離開辜詠夏家後，京雅越發無力，落魄地走在深夜的街道上。這條每天必定會經過，熟悉到不能再熟悉的道路，今夜的此刻竟讓他感覺異常陌生。

「小兄弟，是沒地方去嗎？」

這時一個蓬頭垢面，頭髮、鬍子糾結不堪的流浪老人叫住京雅。

老人衣衫襤褸，縮在一處公共花台旁，腳邊停著一台破舊的賣場推車，上頭堆滿了各式各樣奇異、損壞的老舊物品，顯然那台推車是老人全部的家當。

京雅回頭呆望著老人，微微點了點頭。

「今天第一天嗎？哎呀，真沒辦法！今晚這裡就借給你吧！」見京雅難以啟齒的樣子，老人緩緩撐起身，推著推車慢步離開，經過京雅身邊時拍了拍他的肩說：「第一天難免比較艱難，之後就會習慣的，沒什麼大不了。明天開始你要自己找地方啊，我不會再借你了！」

說完，老人一拐一拐地消失在五光十色的夜色當中。

看著老人襤褸的背影漸行漸遠，周圍似乎一下子冷了下來，京雅突然鼻頭一酸。他緊緊抓著衣領，坐到老人剛才的位子上。

老人讓出的花台緊鄰著一個私人庭院，花台上方多了一小截隔壁庭院的遮雨棚，是個能避雨的好位置。大部分的流浪者會為了爭奪能遮雨過夜的地方而大打出手，因此京雅特別感激那個素昧平生的老者。

他抬頭望著遮雨棚，看著他今晚的小天地，正想著明日該何去何從時，忽然一張男人賊頭賊腦的大臉遮去京雅的視線，讓京雅嚇了一跳，大喊一聲，下意識推開突然出現的男人。

「他娘的！敢推我？」

「呿！今天不是那個老頭啊？本來想拿他練練拳的。」

被推倒的人被另一個男子扶起，那名男子還不雅地朝花台吐了口痰。

這時京雅才發現，混混男的後頭還站著兩個男人。

「沒關係沒關係，沒辦法練拳，也可以練練別的功夫，你們覺得如何啊？哈哈哈哈！」男子出言不遜，講完還跟同夥一起輕佻地大笑起來。

他們三人眼神猥瑣地上下打量著京雅，突然其中一名男子冷不防地跳上前揪住他：

「嘿，居然是你！」

「你……啊！是你！」

陰暗的路燈打在男子臉上，京雅一眼就認出抓住自己的人是在朗恩辦公室櫃檯的男服務員！

「放開我！」

京雅瘋狂扭身，極力掙脫束縛。

「放開你？那怎麼行。你害我出這麼大的糗，我當然要好好謝謝你。」服務員齜牙裂嘴地恐嚇道，臉部猙獰，完全沒有當日於櫃檯前的斯文樣。

「沒想到你認識啊？那可以好好一起玩嘍！」另一個人顯露奸邪的笑，一面摟住京雅的肩膀，想強行將他帶離。

「當然，隨你玩。」服務員滿臉幸災樂禍。

接著，站在最後面的男子一手拉開京雅的衣襟，一手不安分地襲上京雅的胸口。

「哎呀呀，我以為是女的，原來是個男的啊。」襲胸的混混一臉詫異道，接著露出不懷好意的詭笑，「不過……嘿嘿嘿……男人我也是可以喔。」

「我也不排斥屁股啦，反正捅的進去都沒差啦！哈哈哈哈！」

三個宵小講到邪處，不約而同地放聲狂笑。

京雅趁三人交談的空隙，使勁甩開男子後拔腿就逃，不料混混們再度追上，從後方一把抓住京雅的頭髮，用力將他甩在地面。

「痛！你們想幹嘛？」

「哈哈哈，雖然是男的，不過仔細一看，其實長得挺不錯的嘛，這型我也可以。」另一個地痞緩緩走過來，扣住京雅的臉，露出滿臉色慾的噁心相。

「放手！你可以我不可以——！」

一聽到屁股不保，京雅本能性地反手一揮，正中混混男子的鼻梁。

男子猝不及防，被一拳栽倒在地，他按住血流如注的鼻梁，惱羞成怒，佻薄的表情剎時換上凶暴的嘴臉。

「可惡！敢打老子，看我今天不做死你！」

男子一聲令下，服務員和混混同夥一擁而上。京雅見到情勢糟糕但為時已晚，他單人終究不敵三人的圍攻，沒對抗幾下就慘遭制伏在地。

額頭磨在粗糙的柏油路上，京雅刺痛不已。

「放開我！啊——！」

京雅倒在地上，雙腳狂踢，不斷放聲高喊。

「我操，敢踢老子！呸！」

混混男子抓過京雅，一腳跨上他的腰，狠狠搧了京雅幾個巴掌。

混混下手之狠、力道之重，瞬間讓京雅嚐到嘴裡死鹹的味道，血不斷從嘴角流出，他怒瞪著眼前獐頭鼠目的男人。

男人無視京雅的怒目，開始對京雅上下其手，另外兩人則粗魯地解開京雅的皮帶，強行扯下他的褲子。

面對男人的侵犯，京雅噁心得快吐了。他不斷掙扎，但無奈寡不敵眾，只能如砧板上的魚被死死按在地上。

「放開我！我叫你放開我！」

京雅掙扎著，突然——

「哎嘿！你們瞧我發現了什麼？」

跨在京雅身上的混混得意地抽走京雅外套裡的日記盒。

「呦——還上鎖呢，裡面該不會裝著錢吧？」

混混搖了搖盒子，裡頭發出類似紙張的摩擦聲響。

「這傢伙也真有趣，錢不放皮夾，居然放在這種女人家的東西裡，哈！」

「快打開看看。」男服務員提議。

「還我！！」京雅揚聲大吼，激動地掙扎著。

「哈哈，有本事自己搶啊。」看京雅焦急的樣子，男服務員狂妄地回嗆，接著混混與同夥得意大笑起來，準備撬開日記盒一探究竟，「今晚真幸運，有得吃又有得拿，哈哈哈哈。」

「幸運你媽！！」

見日記盒被奪走，京雅氣得兩眼發直，怒意徹底爆發。他腎上腺素激起，伸長手臂，抓起花壇邊的一塊石頭對前方混混的臉部一陣狂砸。

男子痛苦地掩著臉，同時盒子噴飛出去。京雅見狀，猛力翻起身奪回日記盒，卻也被其他兩人鑽了空。

男人們狂踹京雅腹部，還抓起京雅的頭往地面狠狠砸，而京雅雙手護著盒子，無力反抗，只能任由他人施暴。

「你這賤貨，東西拿來！拿來！」

「居然敢反抗？找死啊！」

男人們怒吼著。

但無論男人們如何毆打，京雅都抵死不從。他奮力蜷曲著身體，把日記盒死死護在懷中。然

第三章

京雅從陣陣暈眩中醒來，他視線朦朧，頭部隱隱作痛，一時間不知道發生什麼事。

意識甦醒後，五感的感知也逐漸回籠，京雅首先聞到一股嗆鼻的氣味。他努力地聚焦視線，看見散發著漂白水味道的淺色幕簾圍繞在他四周。

接著視線轉到床邊，京雅才發現自己身在醫院中。原本的衣服被換下來，現在的自己正穿著醫院的病人服。見此，京雅心裡一震，從床上驚嚇地彈起，再看到自己的日記盒被完好地擱放在床旁的矮櫃時，緊張懸吊的心才鎮靜下來。

鬆懈後的京雅頭痛欲裂，他緩緩倒回床上，眼球不停轉動，終於想起暈厥前最後一幕的記憶。

對了……他在深夜遇到那個服務員，還被地痞流氓盯上了，對方襲擊他，還搶他東西……

回想到這裡，京雅的心臟因恐懼而劇烈震動，額頭也微微沮出冷汗。他轉頭又看了眼桌上的盒子，確認盒上的鎖完好無損才真正放鬆下來。

正當他的心跳逐漸回歸平穩之時，病房門被打開，聽腳步聲判斷，依序進來了幾個人。

也許是被襲擊的驚恐還殘存在心裡，京雅看見兩三道高大的黑影在幕簾上晃動，便反射性地捲起棉被，縮瑟在床的邊角，直到其中一抹人影開口說話——

「謝謝您的配合，先生。由於被害者的身上只找到您的名片，我們只好通知您。」

率先發話的人言語不像是醫生，但聲音正氣凜然。

「不，應該的。請問他現在怎麼樣？」

「說是有輕微腦震盪和小面積的外傷。他醒來後請通知我們，我們需要進行筆錄。」

三種不同的聲音，分別是三個男人。而京雅認得出來，當中一道嗓音微啞低沉，是屬於朗恩的。

他並不喜歡這個聲音的主人，但此刻聽見朗恩的聲音，內心卻感到如此平靜安心。京雅戰戰兢兢地走下床，輕手拉開帷幕，露出半邊身軀，小心翼翼地觀察進房的人們。

眼前除了朗恩，還有兩位身型壯碩的員警，他們看見京雅出現，一齊秀出腰際上的警徽開口問：「孩子你醒了，身體還好嗎？」

京雅與員警對視了一會兒後默默點頭。

「我們無法通知你的家人，只能聯繫到這位先生。」另一位員警解釋道，將自己的手機遞給京雅，「我們需要你通知家人，請他們來處理一些事。」

但京雅沒有接過手機，他瞄了一眼站在員警身旁表情嚴峻的朗恩，淡淡地回覆：「……我成年了，我可以自己處理的。」

「喔，是嗎？」

兩名員警下巴一縮，同時露出訝異的神情。

「ＯＫ，如果你的身體狀況還行，介意現在做個筆錄嗎？」員警有禮貌地徵詢京雅的同意。

「我想……可以。」京雅遲疑片刻後，點了點頭。

「你還記得所有發生的事，對嗎？」一位員警提問。

京雅再次點頭。

「好，我先去請醫生。」

趁員警暫離的空檔，朗恩走到京雅面前，修長好看的手指撩起京雅散在額前的瀏海，細心地替他整理凌亂的髮絲。

「真的可以做筆錄嗎？不要逞強。」

朗恩盯著京雅臉上的紅腫，狀似憂心地問，語氣像是在和小孩說話。

「我沒問題的。」

朗恩纖細的動作及異常柔和的口吻讓京雅非常不適應。他稍稍側過身，僵硬地閃過對方的觸碰。而在收到京雅的肢體反應後，朗恩也紳士地收回手，可視線依然停留在那青一塊紫一塊的臉頰上。

過了不久，員警偕同醫生還有幾位護理師返回病房，檢視京雅的傷勢。除了皮肉擦傷外，他還有些微腦震盪，並且左肩脫臼了。

京雅坐在床沿無奈地看著自己貼滿紗布的手臂，任由醫師擺布。之後醫生做完例行檢查和一些換藥叮囑，與在門口等候的朗恩簡單打過招呼後，隨即離開病房。

「孩子不好意思，你說你成年了，我們方便確認你的身分嗎？」

待一干人撤出病房，一位員警立刻要求京雅出示證明。

京雅微微哼了一聲，從矮桌上取來日記盒，並撥轉密碼鎖，從盒中拿出一本墨綠色護照交給員警。

員警看一眼：「京雅，台灣籍，工作簽入境。」

「嗯。」京雅看了眼警員手中的護照，簡單回應。

之後員警又順勢翻了幾頁，確認資訊無誤後才將護照還給京雅。京雅順手接過，再次將護照本鎖回日記盒中，這時朗恩瞄見京雅的盒子裡似乎還有其他東西。

「京雅先生，在作筆錄前我們有義務提醒您，若詢問的過程中有出現任何心理或生理不適，您有權要求暫停或終止，了解嗎？」

「是。」

在接下來的半小時內，員警陸續問了許多問題，京雅將事發到失去意識間發生的前因後果認真地交代，過程中相當配合，沒有出現半分激動的情緒。

「好的，我想我們差不多了。最後我們想請問京雅先生一個問題。」

「嗯，請說……」

員警的聲音突轉為略低嚴肅，京雅不自覺挺直了背脊。

「在被攻擊的過程中，他們是否有試圖侵犯您呢？」員警問。

乍聽到這問題，原本神情還算鎮定的京雅臉色忽然變得很不自然。他不自覺緊咬下唇，眉間微微抽搐，一雙手也不自然地顫抖起來。

不止京雅，在旁邊陪伴的朗恩更是驚訝。他一直以為京雅是遇到隨機的報復搶劫，沒想到那幾個不良居然企圖性侵！

看著京雅蒼白無血的臉色，朗恩一顆心緊緊揪起。

敏銳的員警察覺到京雅坐立難安，便停止質詢的口吻，連忙解釋說：「京雅先生，我們無意造成您心理的負擔，只是依當時發現您衣物的狀況……我們推測您可能有這樣的遭遇。」

「沒錯。希望您明白，單純搶劫與意圖性侵在法律上的罪名不一樣，嫌犯的後續懲處也不同，為了您的權益，希望您能放寬心跟我們說。當然，我們不勉強。」另一位員警也追加補充道。

知道京雅被解救時衣衫不整的事情，朗恩的胸腔頓時升起一股無名怒火。

要不是那幾個地痞混混嗑藥後膽大包天，在大街上犯案被人報警，京雅才得以及時獲救，這若是預謀犯案，後果恐怕……

一想到這裡，朗恩沉下臉，淡綠色雙眼染上顯而易見的微慍怒色，同時內心也泛出一絲疼惜。

看來得讓那個失態的離職員工吃上一輩子官司。朗恩的手指飛快地點擊螢幕，交代律師務必用最嚴苛的罪名將一干人告到老死在監獄裡。

「不用勉強自己。」

朗恩的大掌握住京雅顫抖的雙手，彷彿要給他安心的力量。

看見朗恩手臂青筋浮起，京雅感受到身旁人躁動的情緒。他像要回應朗恩的關心，感謝地回握住他，而京雅冰涼的指尖讓朗恩心底更加不悅。

「我沒事。」京雅吞了吞喉嚨，平復了一下心境後鎮定地對員警說，「嗯……我想是的。他們在攻擊我的中途，確實有說出打算侵犯我的言語，還……強行脫下我的褲子。」

聽到京雅坦言，空氣陷入短暫的靜默。

「我們了解了。京雅先生，謝謝您的配合，也謝謝您的勇氣。」員警正色說道。

「那請好好休息吧！關於司法判決的後續……」

「請通知我就好。」朗恩抽出名片遞上，並與員警們一一握手致意。

「沒問題。」

送走警察們後，朗恩關上門，倒了杯水給京雅。

「埃斯珀去處理房子的事了，這幾天你就先留院觀察吧！」朗恩說得很保守，言詞卻間接表明了知道京雅家遭竊的事。

剛才警方替京雅做筆錄時，朗恩便通知祕書按照京雅報的地址去取幾套換洗衣物，誰知道祕書回報的消息如此慘不忍睹。

——房門被砸毀，屋內遭洗劫一空。

他會去找享詠夏……應該也是為了這件事吧？朗恩對自己失望地大嘆一口氣。回憶起昨日在享詠夏家遇到京雅的樣子，他不禁有些懊惱，自己當時怎麼就沒有發現他的窘迫與狼狽呢？

「既然知道我家的事，你就應該知道我沒閒錢住院。」

「你有些腦震盪，應該再留院多觀察幾天。」

京雅倔強地看向朗恩，堅持道：「我、要、出、院。」

「這樣很危險，我去請護理師。」

眼見京雅想扯掉點滴直接走人，朗恩焦急地握住京雅的手腕阻止他。

「等我，別亂來。」離開房門前，朗恩再次回頭叮囑。

聽見朗恩命令的話語中飽含著關懷，京雅態度也軟了下來，沒再抗拒，一語不發地靜靜坐在床前。看京雅安分下來，朗恩才舒了氣，離開病房。

幾分鐘後，一位留著俏麗紅短髮的護理師跟著朗恩回來。護理師一面幫京雅拆掉點滴一面閒聊，不過她說話的對象並不是京雅，而是朗恩。

「朗恩先生，聽說我們護理長說您是經營演藝經紀公司的！好厲害噢！」護理師露出嬌豔的笑容，頻頻稱讚。

「謝謝，您過獎了。」朗恩客氣地微笑。

「你覺得我怎麼樣？我在高中可是擔任啦啦隊隊長呢，現在在IG上人氣也很高喔！」

「當然，隊長的人氣怎麼可能會低呢。」朗恩又欣然笑了笑。

「對了對了，我也非常喜歡唱歌，大家都說我的歌聲不輸給 Clean Bandit 的格蕾絲喔。」完全沒察覺到對方的回應只是客套，護理師獲得稱讚後欣喜不已，開始滔滔不絕地跟朗恩推銷自己。

「有機會的話，我很期待讀聽見您的歌聲。」

「我想會非常有機會的。」

護理師綻開甜死人的笑容，臨走時還不忘塞了張紙條到朗恩口袋，並熱情拋了媚眼，整個過程中完全把京雅當透明人。而京雅也見怪不怪，畢竟面對黃金單身漢，有哪個女人不希望麻雀變鳳凰的劇情在自己身上上演呢？

「這樣行了吧？」聽護理師的腳步聲遠離，京雅從衣櫃取出自己原本的衣服草草換上，「住院的費用我之後會還你，我走啦！」

即使方才做筆錄時，京雅顯然還對搶劫之事心有餘悸，不過此刻的京雅又像沒事人一樣泰然自若，好像上一刻發生的事全是幻覺一樣。

「我送你吧。」

「不用了。」京雅無所謂地揮揮手。

「我送你。」

朗恩伸手拉住京雅的手臂，上前靠著門，擋住他的去路，並用下巴指向窗戶，提醒道：「已經很晚了，而且外面在下雨，還是我送你吧。」

京雅回頭，順著朗恩所指的方向看去，大片漆黑的玻璃上確實漸漸沾上了斗大的水滴。雨越來越大。

夜越來越深。

「不需——」

「我堅持。」

京雅還沒說完便被朗恩強硬地打斷，讓京雅肩膀不自覺地抖了一下，全身僵硬地愣在原地。

如果氣場有顏色，那朗恩的氣場鐵定是猖狂高傲的褐紅色。縱使他只說了三個字，散發出來的壓迫感卻是如此強烈。這個權傾演藝世界的男人說出來的話，從來就無法讓人拒絕。

「我送你。」

朗恩瞇起眼，注視著面前好強的人，再次重複他的宣言。

而這一次，京雅沒再拒絕。

§

他們來到醫院旁的立體停車場頂樓，滂沱大雨宛如從天上灌下來的流瀑，深夜冷風夾帶著雨滴不斷打進停車場內，濡濕了京雅的臉頰。

破敗的衣衫抵擋不住冷森的寒風，京雅渾身僵硬，忍不住縮縮脖子，打了個顫。忽然，一陣暖意包圍住自己，他抬眼，發現朗恩不知何時將自己的西裝外套脫下來罩在他的肩上。

「呃，我不用……」

「穿上，我去開車。」丟下這句話，朗恩獨自走入車陣當中。

外套上還殘留著朗恩暖熱的體溫，京雅忍不住拉緊了衣領。

對於朗恩的舉動，京雅有些愕然，也有些迷惘。正當他感到茫然時，不遠處市區的電視牆上赫然出現兩抹熟悉的身型，京雅定睛一看——居然是蕭特與希爾達的臉。

看電視牆上播放著蕭特與希爾達的新曲攻佔音源榜前十位的廣告，惆悵頓時取代了京雅本該開心的情緒。

蕭特與希爾達跟了他兩年，雖然在業界小有名氣，可始終在自媒體上載浮載沉，孰知換到朗恩旗下不過才兩個月，就攻下了注目歌手音源榜前十名，這叫京雅怎能不沮喪。

果然是自己太天真了啊。

京雅凝望著市區中心閃耀的霓虹燈，城市在雨滴的渲染下成了一張張失焦的照片。

「在想什麼？上車。」

朗恩的聲音將京雅從思緒中拉回現實，他打開車門送京雅上車，隨後鑽進駕駛座。車門關上的那一刻，雨聲遠離，車內只有悠揚的古典樂聲，兩人彷彿與世隔絕。

你有地方去嗎？

朗恩看著失魂的京雅很想這麼問，可他終究沒有，只是試探性詢問：「你要到哪裡？」

「到哪裡都好。」

京雅淡淡地答，呆望著不斷晃動的雨刷。

聽見京雅的回覆，朗恩點頭發動引擎，卻不急著上路。他從前座的置物箱裡拿出一塊毛巾給京雅擦臉。

京雅面無表情地接過，將臉埋進柔軟的毛巾中。

從十五歲開始帶人到現在，也度過了一段不算短的日子。京雅一直以為自己看清了這個爾虞我詐、燈紅酒綠的世界，殊不知仍是井底之蛙。出了深井，看過幾條小溪小河就以為自己見識過大海。

他甚至不知道，海的鹹味是如此苦澀。

想著想著，鼻頭一紅，眼淚不自覺地汨出眼眶。一會兒，京雅緩緩抬頭，藍色的眼睛直勾勾底地盯著朗恩。

「喂……說實話，你覺得我漂亮嗎？」

「……你還好嗎？」

身旁的人突然說出不像京雅的發言，讓朗恩瞬間愣了一下。

「那兩個人說我漂亮。」京雅沒理會朗恩的疑問，自顧自地說下去。

「是不差。」

朗恩說的是實話，縱使京雅是亞洲人臉孔，無法以西方的審美觀去評判，但他五官間有股無法言傳的神韻，絕非通俗的美、漂亮或是清秀得以比喻的。

京雅聽到後以氣音哼笑出來，過了幾秒，幽幽地開口：「如果你白天說的話還算數，那我願意。」

「你知道你在說什麼嗎？」

朗恩詫異地凝視著京雅。在他的認知中，京雅不是會那麼容易低頭的人。

「我是有腦震盪，但腦袋沒壞。」

「你……」

七彩的霓虹光打映在京雅的臉上，電子的冷光更突顯出他蒼白的肌膚，他過於平淡的發言使朗恩啞口無言，無聲取代了他的回答。

京雅沒理會對方的沉默，逕自接著說下去：「說實話，我很清楚你那天的提議十分正確。」

「第一次見面的那天？」

「嗯，你的提議既省事又正確，不過我不想接受就是了。」京雅點頭，「老實講直到今晚前，我一直認為雖然演藝圈中有很多噁心的人，是個噁心的地方，充滿虛偽又陰險，即便付出最大的努力也可能一無所獲，可是只要我願意彎腰、敢爭取，臉皮厚一點，不管有沒有人壓我，我都一定可以把我的人推上舞台。」

京雅目光漠然地望著窗外被雨水模糊的夜色，這秒，朗恩的心臟猛力扯動一下。

在這條泥濘的道路上，注定會陷入掙扎。京雅早知道獨自一人是無法前進的，可是他就是不想認輸，不想這麼快承認自己輸給了命運。

「不過現在我改觀了，是我忽略了每個人的起點本來就不一樣，是我高估了自己，是我太驕傲了。」京雅抬起臉自嘲地笑了笑，空落的眼神怔怔地瞅著朗恩說：「你就給我一點方便吧……如果你願意的話……」

與京雅乞求般的眼眸對視的瞬間，朗恩下意識滾動喉結，感覺自己似乎做得太過火了。過去幾個月來，他知道自己付出了比以往還多的關注與金錢在和京雅周旋。他不在意打通公關多花的錢是否能起到實質的作用，純粹只是覺得這場脫離商業常軌的另類對決很有趣罷了。

那些錢猶如買張電影票，他只是想看看這個揚言要挑戰他的少年能撐到什麼時候，卻沒想到自己大費周章，為了無聊玩心的舉動，居然會把這個心高氣傲的男孩逼為要靠肉體博取機會的男娼……

自己不知不覺間，成為了京雅口中那些「噁心、虛偽又陰險的人」。想到這裡，朗恩滾動乾澀的喉嚨，壓下微微顫抖的嗓音。

「沒有人值得你這麼做。」他說。

儘管對京雅說了這番安慰的話，但他不知道自己為何依舊如此自責。

或許是京雅自賤的言語。

或許是因為京雅瘀青的臉頰。

或許是……他掛在眼眶中的逞強淚水。

朗恩伸出手，輕柔地拭去京雅眼角不斷冒出來的淚珠。

「呵呵。」京雅不屑地乾笑幾聲，看著窗外霓虹閃爍的世界，質問，「現在才同情心氾濫嗎？

還是罪惡感？」

朗恩正面面對京雅的質問，垂下眼瞼，緘默不語。

「你別誤會。沒有人能使我這樣做，我是為了我自己。」京雅吸回淚水，目光從遠方的廣告電視牆移回到朗恩那雙碧悠深沉的眼眸。

「還是說……我回答得太晚了？」京雅乾澀地苦笑。

「怎麼會。」

此刻朗恩的聲音變得更加沙啞，下一秒，他伸手攬過京雅纖細的脖子，低頭吻上那蒼白到令人心疼的嘴唇。

一陣陣淫靡的水漬聲響徹整個車內。

京雅赤身裸體地跨坐在朗恩的腰腹上，雙膝往兩側敞開，呈現羞恥的M字形，而朗恩指節分明的手指正肆意撥弄著他的後穴。

京雅從未使用過後庭，全然不知道自己體內竟有如此敏感的地帶，甚至連性器的前端也因朗恩手指的攪動起了反應。一滴滴透明黏膩的汁液不斷從紅腫的鈴口溢出，滴落在朗恩腹部上，將高級訂製襯衫染濕一大片。

朗恩騰出單手扯下領帶，脫去濕黏的襯衫，隨手將衣物拋掛在椅座上。他露出一身麥色強健的肌肉，讓京雅看得迷茫。

濃烈的男性氣息飄盪在狹窄的車廂間，京雅半闔著眼，看不清朗恩此刻是帶著怎樣的表情，也分不清自己體內焚燒的燥熱感是因為疼痛、不習慣還是什麼。

朗恩大手托住京雅的臀瓣，並多加了一隻手指，撐開無人造訪過的部位。

當又一隻手指進入京雅的身體時，他雙肩大力地抽搐了一下，乳頭立刻挺起。

「你的反應不錯，很難想像你跟女人做的樣子。」朗恩冷笑，壞心地輕咬京雅的乳尖。

「要你管！呃……唔！！」

又痛又癢，令人難耐的觸感在京雅的胸口蔓延。他頑強地扭動身體，用行動反駁朗恩的調侃，誰知道這舉動竟讓自己陷入前所未有的窘境。他轉動身軀，使朗恩的手指刮觸到體內一塊微凸、柔軟的部位時，京雅忍不住驚呼。

「哦？這裡？」

朗恩驚喜地自言自語，手指更加努力深入探索，他用指尖撩撥那微微凸起的小核，不斷按壓挾揉。

京雅渾身激顫，唇邊的氣息越喘越急，體內那處連自己都不知道的敏感部位彷彿與乳頭和性器是相連在一起的，每當朗恩搔弄到他體內的敏感帶時，胸前酥麻得像有股電流通過，勃起的性器流出更多液體，差點到達高潮。

「等、等等……別再用了……」

京雅心臟劇烈跳動，嫩滑的背脊因肌肉收縮，不自覺地向後弓起，京雅兩眼失神地望向朗恩。

朗恩只覺得胯下就快爆裂了。

說著，朗恩解開皮帶，下腹的脹痛使他無暇顧及京雅是否準備萬全了。他抽出替京雅擴張的手指，啵的一聲，壓迫京雅下體的感覺消失，取而代之是比手指更堅硬粗壯的物體抵住後穴。

「應該差不多了。」

朗恩握著自己腫翹的碩大，在京雅的穴外來回繞圈，就在朗恩對準的同時，京雅本能性地屏住呼吸。朗恩沒有一絲猶豫，下一秒就抬起腰桿，進入那窄小的入口。

「痛……天啊！這也太痛了……」

隨著熾熱粗大的物體擠入體內，京雅反射性地圈住朗恩的頸項，忍不住緊咬下唇，眼角泛出絲絲淚光。

「嗚嗯……」朗恩低吟了一聲，太陽穴上浮出幾道青筋，看上去似乎十分痛苦。「放鬆點，京雅。」

「咿！你、你說得容易……要怎麼放……鬆？你也被捅試試……嗚！！再說，那裡本來就不是讓東西進去的地方！」

京雅的控訴聲混著鼻音，朗恩深吸一口氣，克制地縮起下腹，讓自己發脹的莖幹維持在半進入的狀態，好讓京雅再適應一會兒。

縱然感受到朗恩侵入的舉動停止了，不過京雅很清楚朗恩是不可能中途撤退的。

沒錯，是男人都不可能。

京雅努力調節呼吸，卻還是因疼痛而流下了眼淚。寶藍色的隱形眼鏡隨著氾濫的淚水從眼球剝落，露出京雅原本如宇宙夜空般深邃神祕的黑瞳。

「分明是亞洲人，何必要把自己偽裝成歐美人？」朗恩見狀，伸手剝掉落在京雅顴骨上的隱形眼鏡。

「跟你無關。」

京雅彆扭地回嘴。但下一秒，後穴裡粗壯的異物像在懲罰他一般，突然挺進的實感讓他閉嘴。他長吁一口氣，額頭沁出了汗珠。雖然朗恩充分擴張過了，但實物進入體內的異樣感還是讓京雅感到不適。他雙腿努力支撐著，好讓侵犯自己下體的凶器進入得更緩慢一點。

不過肩膀脫臼又全身瘀傷的他無法平均地支撐身軀，堅持沒多久，京雅終於氣盡脫力，膝蓋一滑，整個人栽進朗恩寬闊的胸前。他大半的重量都壓在朗恩身上，重力也讓朗恩昂挺的性器瞬間連根沒入京雅體內更深的禁地。

「嗚——」

驀地，京雅的四肢產生強烈的痙攣，原本疼痛的穴口也因體內突發的快感，反而緊緊絞吸住朗恩碩大的性器。京雅一雙長睫扇動，不自主地瞇起眼眸，車裡暈黃的車燈烘托出他因情慾朦朧的神情。

京雅如珍珠般白皙的肌膚由下腹延伸到胸前、鎖骨，渾身泛起一朵又一朵高潮的紅斑，唾液曖昧地沿著嘴角柔靡地溢流而下。

見京雅生澀的反轉反應，朗恩滿意極了。

「你這樣可能無法再抱女人了喔。」朗恩冷笑，規律地在京雅的小穴中抽送起來。

「沒、沒差，我可以……改抱你……」

京雅倔強地回嘴，怎知尾音未落，朗恩隨即大掌一握，掐住他精巧的下顎，恣睢地將自己的唇壓上，長舌肆無忌憚地搗弄京雅綿軟的口腔。

他貪婪地吸吮著他，讓京雅的心跳越來越劇烈。上下兩張口同時被侵犯著，使京雅眼前模糊，霧成白茫一片。

朗恩宛如野獸般的眼睛牢牢盯著京雅因高潮而濕潤的雙眼。

「我只讓『女人』騎在我身上。」朗恩滿足地瞇起單邊眼睛，說完便張口大力吸咬京雅胸前的兩粒莓紅。

即便是羞辱人的一句話，但在朗恩的唇舌含上京雅乳暈的瞬間，一道急電通竄在體內，隨著朗恩的牙齒、舌頭不斷摩擦、舔弄小巧的乳尖，京雅整個身軀往後仰，雙手猛地將朗恩的頭拉近自己，跪在椅墊上的雙膝更是不停發抖。

京雅緊閉著眼瞼，全身顫動不止，後穴忍不住收得更緊，惹得朗恩低鳴一聲。他挪動下盤，讓青筋環繞的男性頂端更加深入摩擦京雅的敏感位置。

「咿嗯……」

後穴被脹大的性器填滿，體內深處被若有似無地來回磨擦，京雅難受地發出如貓的嚶嚀。

他身上的瘀傷因為激情的血流更加鮮明，朗恩愛憐地拂過京雅身上的每一塊瘀青，最後停在他微腫的臉頰。

看見京雅臉上青綠的掌印，朗恩心底又燃起怒火……那些該死的傢伙差點就擁有他了……

「那些人真該死。」

他忍住不悅，疼惜地撫摸京雅受傷的地方。

「現在是你比較該死吧？」他倔強地回答。

聽見京雅的回嗆，朗恩咂舌，柔和的眼神瞬間換上鷹傲的神情。

「這樣啊？看來我必須變得更該死才行啊。」

接著，京雅耳中傳來一連串肌膚與肌膚撞擊得更加劇烈的聲響。

暗夜，雨滴線條模糊了轎車放肆的震動，京雅在車內拚命咬著下唇，強忍著不發出更多聲音。

他知道，一旦叫出來就完了。

然而，一次次的快感來襲，京雅體內的某處再也承受不了。他腦中暈眩，意識瘋狂打轉，終於在下一個高潮的瞬間把持不住，喉裡自動溢出淫蕩又甜膩的嗓音。

從這一刻開始，京雅的理智崩塌，身體完全被渴求快感的性本能支配。

「嗯啊！啊！啊！停、呀啊！」

「不能停，我要看是你先死，還是我先死。」

朗恩的薄唇抿著不懷好意的弧度，兩手緊緊掐住京雅的纖腰，以防他掙脫，接著肉刃更猛烈地往京雅股間刺入。

體驗過歡愉的身軀被剝奪了理智，被蹂躪的穴口因歡愉而顫抖抽動，朗恩劇烈的抽插讓京雅體內由內而外都酥麻不已，最後京雅性器的前端隨著他顫抖的聲音，噴出溫熱濁白的液體。

「啊……嗚嗯……啊！啊！！」

京雅渾身失力，呼吸絮亂，癱軟地倚靠在朗恩寬闊的胸前。然而抽搐時帶點氣音的喘息是性愛最猛烈的催化劑，京雅高潮後難耐的呻吟聲彷彿在邀請朗恩給予更多、更熾熱的刺激。朗恩伸手挑逗地撫弄京雅的前端。

「已經射了，不要、嗚，那裡……啊嗯……啊！」

感覺埋在下腹裡的男性器官似乎大了一圈，京雅語間透出哀求。

「哪裡？你說說看？」

「不要、呀啊……」

朗恩在京雅細嫩的耳邊曖昧呼氣，京雅原本高潮後萎縮的性器再次勃起。朗恩見狀，使了壞心眼，故意在京雅紅腫的龜頭輕彈了一下。

「啊——！！」

這一下輕彈，京雅爆出一聲浪喊，接著性器湧出比前一次更多的黏膩，濕滑的體液滴滴答答地沿著陰莖流到了朗恩的下腹，一點一滴沾濕他們結合的地方。

盯著京雅高潮失神的樣子，朗恩撩起髮絲，情慾地舔了舔嘴角。

「你太棒了。」他忍不住稱讚。

悅耳的嬌喘使朗恩沉醉於其中，感受到京雅的後穴因高潮而逐漸放鬆，一雙大掌緊扣住京雅發軟的腰肢，不斷往他發紅敏感的後穴挺進。每次都狠刺到底，貫穿到京雅難以承受的深度，在那微微鼓起的肉核處磨幾下後抽出，再次使勁插入緊縮腫脹的後穴。

每次來自體腔內部的刺激，都讓京雅渾身麻痺到失去知覺。

京雅陷入了瘋狂。

車外是傾盆大雨，轟隆的雨聲蓋住了朗恩厚重的喘息，卻無法掩飾京雅不斷高潮的淫穢浪叫。

羞恥是什麼？京雅早已不知道了。

§

金色的晨光冉冉升起，朗恩斜靠在車門外，享受清晨的第一支尼古丁。

他含著菸，讓菸草沁麻的味道在鼻間擴散，呼出的白煙隨著空氣中的水霧逐漸散去。

望著遠方緩緩擴散的金光，京雅昨晚不斷高潮囈語、意亂情迷的姿態在朗恩的腦海浮現，嘴角跟著揚起一抹淺笑。

等菸燃盡，朗恩探進車裡查看京雅的狀況，只見滿臉倦累的京雅在後座昏睡，一絲不掛地蜷曲著的身軀蓋著朗恩的西裝外套，鼻間發出宛如小鹿般微微平穩的呼吸聲。

昨晚快感一次又一次直搗京雅體內，讓他顫抖不已。一夜的激情讓他體力透支，疲憊的臉龐、凌亂的髮絲以及身上如落花的紅痕，都再再顯示出昨晚朗恩多瘋狂地擁抱他。

也許是車外的涼風灌入了，熟睡的京雅微微皺眉，打了個冷顫。朗恩見狀立刻將暖氣的風口調向後座，見熟睡的人眉宇漸漸舒緩才撤出車廂。

關上車門後，朗恩的手機隨即嗡嗡震動，來電顯示對方要求視訊通話。朗恩笑了笑，順手又點了支菸，按下通話鍵。

『Hi！朗！想我嗎？』

只見一位擁有及肩咖啡色微捲頭髮，鼻梁高挺的俊秀男子出現在螢幕上，男子俏皮地邊眨眼邊戳臉頰，跟朗恩討關愛。

「奈傑爾，聽我一句，你真的不適合走可愛路線。」朗恩冷冷地看著手機中賣萌的人調侃道。

『那是你不懂得欣賞好嗎？』名叫奈傑爾的男子兩手一攤，在螢幕另一頭抱怨。

「你找我應該不是要我稱讚你可愛而已吧？沒事的話，我要掛電話了。」

『等等、等等，當然有事，是關於之後服裝秀的排程。』

「說吧！」朗恩呼了一口煙。

『想知道嗎？那你要先說我可愛。』

「掛了。」朗恩掐斷菸頭。

『等一下！我知道，我知道了。不鬧了。』奈傑爾看朗恩真的要掛電話，趕緊收起嘻皮笑臉的態度，換上正經的臉色。

奈傑爾．班納特與朗恩私交多年，是有話無須多言的惡友。奈傑爾出身著名的服裝設計世家，朗恩生於演藝之家，兩人的家庭背景相似，加上對潮流的敏感度一致，國中時期認識便一拍即合。

兩人完成學業後，朗恩正式經營演藝經紀，奈傑爾則接手家中事業。他們共同合作、成立連鎖服飾品牌，不但推出各種藝人聯名衣款，也藉此將品牌與藝人推向世界。兩人事業相輔相成，如虎添翼。

而今年，兩人更精心籌備了一場結合虛擬遊戲的時裝秀，正式進軍虛擬產業。

「說吧！服裝秀怎麼了？」聞言，朗恩聳了聳肩。

『朗，我成功了！你中意的模特兒艾力．奧斯汀答應成為我們這場秀的主模特兒了，樣衣也試穿過了，非常適合！！』奈傑爾開心地比劃著，聲音雀躍無比。

「那是你中意的好嗎？」眼見好友激動的模樣，朗恩沒好氣地笑了笑，忍不住吐槽，「但不管怎麼說，他同意真是太好了。」

『就是說啊！我費了很多心思才說服他。』奈傑爾驕傲地炫耀自己的功勞，但說著說著，逐漸面露難色，『啊、不過……他有一個要求，我先答應下來了……但……還是要跟你溝通一下。』

「哦？是不可理喻的要求？」看著好友在另一端沉默，朗恩竊笑了一聲，「嘖嘖嘖，說吧！

是多不可理喻的要求？」

『……艾力要求秀場必須提供他專屬的獨立換衣間。我指的不是用簾子拉起來的那種隔間，是真的有門能上鎖的木牆隔間。』

「這的確是個不可理喻的要求。」朗恩挑眉，有點難為地答腔。

實際上，服裝秀的後台不僅人員眾多，還非常忙碌，一點都不像台前模特兒們隨著音樂悠揚踏步的優雅氣氛。

忙碌的後台間，模特兒、工作人員、造型師等來來去去，多了隔間只會增添人員流動不便，因此秀的後台多以寬闊通暢，保持高流通性為最高原則。大牌的模特兒如有隱私要求，頂多加設幕簾而已，真牆實木的隔間確實有點過分。

『艾力之前也是可以只用拉簾的，只是上一場秀有實習生誤闖，導致他受傷，所以他這次非常要求……』奈傑爾深怕遭朗恩拒絕，於是焦急地解釋。

看見平日英氣風發的好友此刻竟慌張地努力說服自己，朗恩沉默不語。

『怎麼了？果然不行嗎？』奈傑爾一臉失望地垂下頭。

「倒也不是不行，只是很久沒見到你這麼積極了。以往聘用模特兒或後台的事，你不是從不干涉，一律交給蘿菈決定的嗎？」

蘿菈是奈傑爾的姊姊，與全天下的姊姊一樣，蘿菈的控制慾相當強烈。

『但這次……我有想堅持的事……還有，我有非爭取不可的人。』

奈傑爾說這句話時神態堅定，雙目散發出不容動搖的氣息。

這樣啊……非爭取不可的人啊。

至於奈傑爾意指何人，朗恩心照不宣，他不禁在心裡感嘆……愛情果真能讓一個人改變得天翻地覆。

他就好心幫這個惡友一把吧！

「呵呵呵，好吧！雖然是不可理喻的要求，但也不是做不到，誰叫我們有求於人呢。」

『真的？太好了！那事情就這樣定了。後天我先回英國跟艾力會合，之後有確定飛機航班我再跟你說，要來接我喔！』

「是是是。不過話說回來，你在哪裡啊？該不會在日本吧？」

朗恩看著奈傑爾那邊的背景推論。

『哇！這條街黑漆漆的，你居然看得出來？』奈傑爾露出震驚的表情，繼續說：『我來這裡監工的，既然這次秀的主題是刺繡，怎麼能錯過日本舉世聞名的金駒刺繡呢。不過話說回來，你在哪裡這句話應該是我要問你的吧？』

「什麼？」

奈傑爾在螢幕裡比了比自己的肩膀，朗恩則順著他比的位置朝自己的肩膀看去，發現有一絲金髮落在他的右肩上。

『你在哪裡啊？該不會過了非常開心的一夜吧？真令人羨慕。』奈傑爾意有所指。

「嗯……算是開心吧。」朗恩哼氣，「虧你能注意到。」

『哎呀！畢竟我是做衣服的嘛，對絲線物可是很敏感的。』奈傑爾得意洋洋地賊笑幾聲，『這次是哪位美人啊？是澳洲的那位，還是芬蘭的那位？』

「呵。」

朗恩自嘲地笑了一聲。奈傑爾不提，他還真的忘了有什麼澳洲、芬蘭的美人。

「是亞洲美人。」朗恩答。

『喔！她染髮嗎？真可惜。』奈傑爾毫不保留地自己的觀點和惋惜。

「是有一點。」

『好啦！我報告到這裡，就不打擾你了，enjoy it! Ciao!』

「OK! see you!」

與好友結束通話，朗恩順手撥去那根肩上的髮絲。此時他赫然發現，這根頭髮從髮尾到根部都金澄通透。他拎起來仔細端詳，確定那是根貨真價實的金髮，絕非用人工色劑染出來的色澤，且髮質絲滑，沒有半分漂染的觸感。

詫異這項事實的朗恩盯著手中的髮絲，不自覺地陷入沉思。他開始回想京雅在病房做筆錄的情景，並細細梳理這段時間跟京雅的每一句對話。雖說京雅的英文用詞淺白，錯別字錯誤百出，發音也令人搖頭。不過，在回想的過程中，朗恩察覺了一絲微小的異樣。

照理說，對外語不拿手的人，通常除了發音、用詞不好之外，語句生成的結構也會時常出錯才對。可是京雅除了發音與用字粗爛之外，語句結構和文理邏輯卻非常準確。

再加上昨晚做筆錄時，兩位警員的口音腔調不一樣，提問時偶爾會跳出幾個警用的術語，按理說，英文沒有一定水準的人，是不可能聽懂警察的問題的。然而京雅卻好好地完成了筆錄，中間並沒有向朗恩提出任何翻譯上的求助，如此種種，讓朗恩感到困惑離奇。

他神情凝重地注視著後座漆黑一片的車窗，陷入了第二波沉思……

這個男孩，究竟想要隱藏什麼呢？

第四章

繼那場縱情瘋狂的雨夜之後，京雅固定會於星期三下午出現在朗恩的辦公室，接受一場持續到晚上的暴風式纏綿性愛。因此，京雅不但獲得了直達頂樓的專屬電梯磁卡，祕書埃斯珀也相當識趣，不會在這天替朗恩安排任何行程與會面。

然而今日，埃斯珀卻打破了這個默契。

正當朗恩沉浸、享受著掠奪京雅的過程時，辦公室內驟然傳來刺耳的廣播——

『先生，很抱歉打擾了。馮娜已經到了，正在前廳等您。』

埃斯珀用機械式的口吻通知朗恩有客人來訪，來者馮娜是朗恩公司裡的其中一位經紀人。

一聽到通知，朗恩閃爍著情慾的眼神瞬時消失，強而有力的臂膀撈起癱軟在椅子上的京雅，下腹硬挺的慾望愈加快速地進出京雅濕漉的窄道。隨著一陣劇烈撞擊，朗恩的下盤瞬間一緊，在京雅不斷收縮的後穴裡達到了高潮。

迅速處理完慾火，朗恩在京雅的額頭上落下一吻，離開辦公室。

厚重的門扉闔上，偌大的空間裡頓時只剩京雅一人。他起身檢視了一下手機後，不疾不徐地把自己整理好，穿上衣服。

京雅扭轉腰幹，舒展一下過分勞動的身軀。

是因為自己終究是個男人嗎？還是該慶幸自己對瑣事太無所謂的性格呢？總而言之，京雅對和男人上床一事並沒有太過糾結，反倒習慣之後還感嘆自己的屁股真是厲害。

只是縱使他對身體某部分的失去沒有太多遺憾，心裡卻感覺有些空洞，不過那究竟是怎樣的空洞感，京雅一時也形容不上來。

也罷，不想了，越想頭越痛。

京雅撥了撥凌亂的頭髮，整理妥當後還將歷經風雨的辦公室收拾好，恢復成他來時的原樣，順便幫壁爐添了幾枝柴火才輕手輕腳地推開辦公室堅厚的大門。

「少爺，要來杯溫水嗎？還是茶？」

見京雅推門出來，等在門外的埃斯珀主動上前關心。

自從他與朗恩演變成結盟的床笫關係後，埃斯珀便自動改稱京雅為「少爺」了，連生活上的對應都換上敬稱。

「水就好。」京雅說著，揉揉有點刺痛的太陽穴，又補了一句，「對了，抱歉，你們有止痛藥嗎？有的話，能不能給我一顆？」

「有的，您稍等。」

雖然埃斯珀請京雅在原地等待，可京雅還是一起來到管家專用的房務間，他有禮地在門口等，看著埃斯珀拿出醫務箱。

就在這時，一旁會議室裡隱約傳出女人高分貝的爭執聲，分散了京雅對頭痛的注意力。

這一樓的所有隔間牆內層都鋪有頂級的隔音氈，但會議室裡暴怒的尖叫依然穿透隔板，灌進京雅的耳膜，可見那個女子有多生氣，吼得多大聲，以至於隔音牆都封不住她的怒氣。

到此，京雅無意識地擰了一下眉毛……他不禁懷疑朗恩辦公室那扇比手掌還厚的門板，真的有成功擋住自己做愛時的聲音嗎？雖說他與朗恩的關係不是秘密，但還是忍不住猜想了一下……想著想著，他狐疑地將目光投向埃斯珀……

唉！頭好痛！

「是發生什麼事了嗎？」

京雅接過止痛藥，順道問了句，仰頭連著水將藥一口吞下。

「少爺還不知道吧……馮娜負責的一位演員鬧出大事了。」

「大事？」

京雅不知道在他抵達辦公室的前幾分鐘，網路新聞拋出一則震撼演藝圈的頭條。

朗恩旗下的一位經紀人——馮娜手上一位小有名氣的鮮肉演員爆出吸毒醜聞。不僅是在家中開趴、非法吸食禁藥的消息被狗仔曝光了，更扯的是鮮肉演員在精神恍惚之際，竟然在社交動態上連發與多位女藝人床上運動的限制級影片。

多人運動的影片尺度之大，令人瞠目結舌。其中不乏有公開男朋友的模特兒及數位女藝人，甚至還有已婚男女星，波及層面相當廣。

即便這些震撼的影片能以朗恩的權力緊急撤下來，可紙包不住火，在現在網路串流如此迅速的世界，哪有什麼是真的能夠掩蓋的呢？

輿論早就炸開來了，多拖一分鐘，對公司就多一分不利。

果然是大事啊！還是超級不得了的大事。京雅在心中暗想，忍不住倒抽口氣，不知朗恩此刻是何種心境。他忐忑地與埃斯珀對視一眼，沉默地沖洗杯子。

突然，管家儲物間的內線響起，是朗恩的聲音。

『埃斯珀，京雅還在嗎？在的話請他過來。』

朗恩冷冷地說完，隨即喀嚓一聲切斷內線，彷彿早就認定京雅一定還在。

乍聞朗恩的命令，埃斯珀眉頭緊皺，一臉為難地看著京雅：「呃……少爺，雖然不知道等等會發生什麼事，但還是先跟你說一聲……馮娜小姐她……不太好溝通。」

「現在是幫我打預防針的意思嗎？」京雅嘆口氣，用下巴指向前方轉角的會議室。「沒差啦，那間對吧？」

見埃斯珀點頭，京雅聳了聳肩，神態自若地邁步往會議室去。

——誰知京雅才開門，便對上一個女人盛怒睥睨的視線。

「男妓。」馮娜不屑地看著推門而入的京雅，斥聲罵道。

馮娜穿著一身高檔印花洋裝，蓄著及腰的大波浪紅髮，精緻拉長的眼線勾出她圓亮的杏眼。

不過在一身亮麗得體的外表下，馮娜卻對京雅吐出欺辱的惡言。

接收到明顯敵意的京雅也不在乎，這幾個月來，他與朗恩的關係在公司早就傳得繪聲繪影，雖然他們也沒刻意隱藏就是了。

此時，京雅心裡對馮娜的態度有了底，他淡淡地瞟了馮娜一眼，緩緩穿過走道，輕輕拉開一張椅子，特意坐在她的對面。

「妳應該就是馮娜小姐吧？初次見面，您好。」

以會議席位而言，京雅選擇的位置象徵與馮娜平起平坐的對等位。況且京雅嘴上雖然說著幸會的問候，可他並沒有伸出代表友好的握手。馮娜見狀不悅地別過臉，不願與京雅進一步交流。

「身為演藝經紀的後輩，我有一件事想請教馮娜小姐。實際上我的酬勞並沒有妳多，相對的，我帶來的收益是妳的不只十倍。請問馮娜小姐剛剛說的男妓……是指他嗎？」

京雅承受著馮娜的譏諷，果敢反問。話語間，他略為停頓，抬眼看了看坐在主位的朗恩，將這赤裸的嘲諷丟還給馮娜。

「這麼快就能挑我語病，難怪一瞬間就能爬上男人的床。」

「總比有些人盼望這麼多年，都爬不上還好。」

「你！」

被戳到痛處，馮娜冷淡嘲弄的表情立刻怒紅起來，氣到接不上話。

「哼。」

京雅嗆起馮娜毫不客氣，字字見血。他畢竟年輕氣盛，哪禁得起侮辱，而且他只是陳述事實。

不管是當年的辜詠夏，還是現在的蕭特跟希爾達，如今都是各大節目與廠商爭相邀請代言的寵兒，為公司賺進了大把白花花的鈔票是不爭的事實。反觀馮娜手上的歌手或演員，目前大多都處在不上不下的尷尬位置，唯一人氣較高的鮮肉演員又爆出嗑藥濫交醜聞，導致公司聲譽一落千丈。

一旁的朗恩隔岸觀火，他並不介意京雅暗喻他是「男妓」這件事，反而對京雅名目張膽的挑釁饒富興致。

果然很京雅。看起來溫良無害，一旦踩到他的演藝地雷，便會轟得人頭破血流。

此刻的京雅眼神冷冽、伶牙俐齒，全面開啟戰鬥模式，對比前幾分鐘倒在躺椅上輕佻妖媚的醉眼，有著天與地的差別。一想到京雅情慾難耐的姿態，朗恩忍不住嘴角失守。他壓抑住下腹的脹痛，將寬厚的肩栽進椅背，欣賞著京雅千變萬化的神情。

男人騷起來，真的沒女人的事——這句話果真有幾分道理。

京雅言語犀利，完全沒有退縮之感地瞪著馮娜，看得她坐立難安。

「所以你叫他來到底要做什麼？」幾分鐘後，馮娜承受不住這樣的氣壓，朝朗恩怒問。

「妳剛剛不是說要離職嗎？正好他在，交接一下。」

「朗恩——！！」聽見朗恩的回答，馮娜馬上爆出高八度的尖叫，「你真的要我走？我跟了你快十年耶！」

「馮娜，沒有實力的人才跟我論資歷。」

朗恩唇邊扯出一抹迷人的微笑，斯文地翹起二郎腿說道。他態度蘊藉含蓄，詞語卻鋒如刀刃，京雅聽著也不禁在心裡打了個冷顫。

「呵呵呵，什麼實力資歷的……我有什麼辦法？你給我的藝人就是過氣啦！」被心儀的人如此指責，鬱悶、憤怒、不甘的心情一下子湧上，馮娜不顧形象地飆吼出自己的心聲。「過氣的藝人，觀眾不買帳我能怎麼救？還不是你偏心，把好的人都分給別人，派給我的都是過氣藝人！」

「馮娜，妳克制點。」

「克制什麼？你那樣指責我，又拿一個男妓來說我沒實力，那他有什麼實力？他帶的藝人誰沒跟他上過床。」憤恨不平的馮娜把所有過錯一股腦地怪到京雅身上，露骨地意指京雅用性交易換人才。

「我和誰上床不關妳的事。」終於無法容忍馮娜的詆毀，京雅當即拍桌指責道：「而且妳剛剛說的話每字每句都不配當一個經紀人。每位演藝人員在不同年齡、不同時期都有相對應的價值，經紀人的工作應該是發現藝人不同階段的風貌，怎麼能說他們過氣？沒幫忙轉型成功，妳敢說妳沒有責任嗎？妳好意思？」

「我不需要接受一個賣屁股的人指責，還是個亞洲人！嘖！」馮娜嗤之以鼻，言語間充滿了對京雅出身的歧視與輕藐。

這時朗恩出聲了。他冷著一張臉面無表情，用異常平穩的音調說：

「馮娜，我的祖母也是華裔人士。」

「朗恩，我、我不是故意的，我只是一時心急……」馮娜聞言，頓時語塞，當即露出委屈的表情。

京雅看見這幕，在內心狂翻幾萬次白眼，打死他都不信這樣的謾罵會是一時心急之舉。

「沒事。那妳告訴我，這次演員影片流出的事件該如何善後呢？」朗恩紓了紓眉問道。

「當然是馬上召開記者會，承認錯誤，之後一切進入司法程序。我會安排他這幾個月都不要露面。」

「然後呢？」

「什麼……然後？」聽見朗恩繼續追問，馮娜一驚，表情略顯慌張。

「記者會要如何召開，之後復出的安排等等。」朗恩給出提示。

「這……就、就先安排我們自己的記者進行正向的報導，等事情平息後，再問看看有哪些認識的導演有案子可以談，好準備復出。」

馮娜僵硬地講出刻板的應對公式，朗恩皺起眉頭，垮下臉來，失望的感受溢於言表。沉默了半晌，朗恩轉頭看向京雅問：「你有什麼想法嗎？」

京雅沒想到朗恩會問自己，他抬起頭與朗恩對視幾秒，隨後轉向馮娜，目不轉睛地盯著她說：

「兩個選擇。第一，這位演員是波蘭籍，請他用自己的母語公開道歉，不擋媒體。」

「意思就是叫他用波蘭文道歉嘍？」朗恩手指規律地敲擊桌面，認真凝視著京雅。

「是的。用母語道歉對他而言比較自然之外，選擇用外文道歉，也是因為大眾無法馬上理解意思，並立即提出反擊，無形間也能削弱民眾的道德感。」京雅頓了頓，繼續鎮定地說，「之後安排參與一些公益活動，以洗白他的形象，然後再挑一些角色小、影響力深的劇本慢慢復出，洗白的流程也許要耗費一年，也許三年，包含要給群眾情緒發酵的時間，過程也許更長。當然，期間也需要演員高度配合才行，否則稍有差錯就會前功盡棄。」

「第二呢？」

「現在立刻終結合約，與他切割。不過是否要終結合約，我會將這位演員毒癮的嚴重度、演技實力和律師初步的判斷結合考慮。」京雅口齒清晰，英文詞彙精確，與先前語言水平不佳，給人俗氣的感覺截然不同。

語畢，他渾身顯露出專業自信的神采，眼睛眨也沒眨，用強悍銳利的眼神直勾著馮娜，這場攻防的勝敗已然明瞭。

原本坐在一旁面無表情的朗恩，一對綠森色的眼眸正發出奇異的光芒。朗恩內心激昂，不但對眼前的男孩再次改觀，也對京雅的實力與背景有了更濃厚的好奇。

的確如此，一名合格的經紀人必須擁有判別人才的眼光。而一名卓越的經紀人，不但要拔高自己的視野，還要有審評劇本及歌曲的敏銳度，更要時時刻刻觀察瞬息萬變的演藝界，才能檢視安排旗下藝人的下一步該如何布局。

演藝經紀的工作絕不是只有跑腿、約行程、幫藝人發發側拍動態那麼簡單。

聽聞京雅縝密的安排，馮娜似乎受到莫大的衝擊，完全答不上話。會議室內一下子安靜下來，肅靜的空氣中只有空調枯燥運轉的聲音。

「你帶過當紅的藝人嗎？少自以為了，大牌藝人的經紀人沒你想的輕鬆。我，比你還要喜歡這份工作！」

經過數秒的沉默，馮娜不滿地開口，話語中微帶著一絲自負的腔調。對工作的自豪彷彿是她最後的尊嚴，不過——

「馮娜小姐，妳是喜歡這個工作？還是喜歡享受這個工作帶給妳的光環？」京雅問。

霎時，馮娜喉間無聲，鮮豔的唇彩遮不住她逐漸發白的嘴唇。這問題一語震撼馮娜的意志，她眼神微顫，內心的某處隱隱動搖。

在這個焦點與鎂光燈環繞的世界，不只是幕前的人容易迷失自我，幕後的人也會不知不覺淪陷在名與利的慾望中……然後逐漸忘了自我、忘了自己當初踏入這暗潮洶湧的演藝界的初衷。

「馮娜，喜歡這樣的光環也沒什麼不好，前提是得用實力來換。」

朗恩隨後笑著接續京雅的話，這無疑又補了馮娜一刀。

「看來你真的要我走？」馮娜的聲音憤怒中帶點顫抖。

「謝謝妳這些年來的辛勞。」

朗恩的回答讓馮娜目瞪口呆，也許是明白再也無法挽回了，馮娜怒火燒紅的臉頰逐漸轉為蒼白的蠟色。她悻悻然地摘下掛在胸前的員工證，大力扔到朗恩面前，臉色凝重地甩門離開辦公室。

朗恩對馮娜的背影點頭致意，隨後朝對講機和埃斯珀簡單交代了幾句，「埃斯珀，馮娜就做到今天，請你準備交接的事宜。」

「她很喜歡你，你明明知道她是喜歡你才做這個工作的。」等朗恩通話結束後，身為旁觀者的京雅用不帶一絲情緒的聲音平靜地說。

「那是她最大的失敗。」

京雅睜大眼，轉頭望向身旁西裝革履的人，不敢相信朗恩好看的唇形會吐露出令人發寒的冷漠言語。

他並不是真的討厭馮娜，只是不喜歡她咄咄逼人的言語。京雅想起馮娜辱罵他男妓的樣子，心裡五味雜陳。

忌妒，使一個女人忘了優雅、失去自己，還成了口出惡言的瘋子。

「我個人認為所謂的感情是雙向的。球不是拋出去就一定要有人接，自以為的喜歡叫負擔。換做你，這樣的感情你要嗎？」朗恩簡易地陳述了自己的觀點，輕輕揚起從容的微笑。

京雅空望著剛才馮娜坐過的位子，好一會兒才搖頭淡淡回應：「不，我不要。」

「太好了，你也是明白人。」

朗恩的話語沒有馮娜來得直白惡劣，然而殺傷力遠超過馮娜所說的百倍千倍。不過，即便京雅內心對朗恩冷言的態度錯愕，卻也明白他的判定無可非議，馮娜是真的太不尊重藝人們了。

「既然沒打算接球，那你為什麼留她這麼久？」京雅不由得好奇一問。

以朗恩的做事態度，應該不會長久留用對演藝無心的人才是。而且若不是出了這樣的大事，想必馮娜還能繼續待下去，這並不符合朗恩的調性，到底是為什麼呢？

「是啊，為什麼呢？我想想喔……馮娜是大學教授的……姪女？女兒？還是鄰居？嗯……不好意思，我忘了。」朗恩撐著下巴佯裝思索片刻，然後無所謂地笑了。

敷衍。

京雅癟癟嘴，臉上毫不掩飾鄙視之心。

「忘記」這種連聾啞人士都分得出來的鬼話，也只有朗恩敢說，不過他沒興趣知道他是真忘還是假忘，反正與他無關，他也沒有探究的權利。

「埃斯珀等等會把馮娜手上藝人的資料傳給你，之後藝人安排就由你去負責。」

「不好意思，我並不是你旗下的經紀人，沒有承接的義務。」京雅鎮定地拒絕。

沒錯，他會與朗恩發生關係，只是希望他不要繼續阻擋自己而已，並不需要幫他善後內部問題。

「藝人們版權的抽成也不是筆小數目，你就當自己是外包人員吧。」朗恩姿態強硬，沒有給京雅拒絕的空間，擅自決定下來。「對了！你那邊如何？」

「藍在英國的新戲還滿順的，前天開鏡了。」

京雅抿了抿嘴，算是同意。自從少了朗恩在暗幕施壓後，所有的一切一下子全回到原位，藍殺青的戲上檔了，英國的新戲也成功拿下出演機會。再說帶藍去英國試鏡時，前置作業花費了不少，眼下他的確需要錢，也沒有非要推拒的理由。

「那就好。」朗恩欣慰一笑。「話說，你不跟去行嗎？」

「我有辦法跟嗎？」京雅翻了白眼，拉開領口，露出鎖骨肌膚上尚紅腫的吻痕。

「是我的錯？」朗恩開玩笑似的挑了挑眉。

「你說呢？」

「藍滿依賴你的。」

「是啊，不過他總得要自己學會面對一些事吧？這也算是個機會啦……」京雅說著，桌上的手機突然叮叮叮地跳出一連串訊息。他定睛一看，是埃斯珀傳了馮娜手下藝人的基本資料及合約過來。

「埃斯珀也太快了。」京雅滑開訊息，喃喃自語。

「因為他是埃斯珀啊。」朗恩臉上綻出笑靨，對自己祕書的工作能力十分自豪。「那他們就由你聯絡了，可以的話，盡快跟我報告你後續的安排。」

「知道了。」

京雅說完，撤出了辦公室。

今天他並沒有搭電梯，而是選擇走樓梯下樓。馮娜的事情想必已鬧得滿城風雨，此刻他要是再從直達電梯裡走出來，不知會遭到多少側目。

然而，走樓梯並沒有京雅預料的那麼平靜。他走下樓，在每一層樓梯口的茶水間，大家無一不是在談論馮娜離職的事情。所有員工都把朗恩形容成冷血的上司，一個將多年夥伴當作垃圾，沒用即丟、無情無義的人，想當然，京雅也成了眾矢之的鄙視的對象。

聽見旁人落井下石的酸語，京雅默默倒抽一口氣，戴起T恤的帽子並把口罩拉高幾分，雙手緊緊環抱住胸口。

事實上不管馮娜的身分是什麼，朗恩顯然是因為顧及教授的情宜面子才留她至今。而他讓她離開，是因為馮娜對工作的不專業以及對演藝人員的輕忽。

但事實是什麼？又有誰會在乎？夠聳動、能帶風向的話題才是這個世界傳遞消息的鐵則，無論任何階層都一樣。幕前的人免不了閒言閒語的輿論批判，沒想到連幕後人也躲不過。

京雅黯然思索著，走在不斷向下迴旋的階梯，出去的路……彷彿沒有盡頭……

§

巨大高聳的摩天輪、五彩繽紛的旋轉咖啡杯、快速刺激的雲霄飛車，還有好多好多可愛卡通造型的氣球漂浮在天上。歡樂的笑聲此起彼落，只要來到樂園，無論是大人或小孩無不沉浸在夢幻童話的世界中。

京雅也不例外，今天他穿著祖父幫他買的小禮服，繫上祖母為他細心挑選的小紳士專用蝴蝶領結，來到期待已久的夢幻樂園。

頭一次來到遊樂園，眼前的景物讓京雅興奮極了。由於祖母的腿不方便，他從有記憶以來都沒出門遠遊過。不管是碰碰車還是小熊模樣的蜂蜜霜淇淋，總之遊樂園裡的一切對年幼的京雅來說全都充滿了吸引力。一切都是那麼新鮮有趣，他迫不及待地要把每個遊樂設施都盡情地玩一遍。

但是比起盡情遊玩，最讓京雅期待的，是和媽媽見面的約定。

今天是可以見到媽媽的日子，他終於可以見到媽媽了。

媽媽因為工作很忙，所以一直把他放在祖父母家，只有偶爾打電話回來時，他才有機會從電話中聽見媽媽的聲音，講上幾句話。就算祖父母很疼自己，給他滿滿的陪伴，京雅也很懂事不吵不鬧，但是他依舊非常想念媽媽……

即便，京雅一次也沒見過她。

不過今天是京雅的六歲生日，在他苦苦哀求下，祖父母終於同意安排他跟媽媽見面。他們就相約在這座樂園中團聚。

就算初來遊樂園的京雅恨不得立刻鑽進咖啡杯，跳上旋轉木馬，但他都忍下來了，因為他想和媽媽一起玩。

祖母帶京雅來到一個裝飾著許多閃亮寶石的廣場，場中央有好多小朋友，興高采烈地圍繞著一個漂亮的公主又跳又叫。這時，於重重人海中，京雅豁然看見一位金色長髮飄逸的女人，笑容優雅地站在對面的樹蔭下。

——是媽媽！！

雖然京雅沒有真的見過母親，不過祖父母家牆上貼著一張又一張母親的照片，京雅早已將媽媽的模樣深深烙印在腦海裡。

京雅凝望著前方，而金髮女人微笑著，也用慈愛的眼神回應著自己。薰風拂過，女人的笑臉更加溫柔和藹。

「媽媽！」

這一刻，他鬆開祖母的手，邁開腳步，快步跑向自己日思夜想的母親身邊。

不過美好的一切，在京雅抱住媽媽的剎那全變了調。

頃刻間，女人溫婉的笑容崩潰，她的眼睛瞪得很大，像看見髒東西似的大力揮開京雅，並歇斯底里地大叫，喝止京雅接近自己。

「噢！天啊！你怎麼會出現在這裡？不要過來，聽見沒有？不要靠近我！！」女人發出鬼魅般的淒厲尖叫，嚇跑了周圍歡樂的孩子。

「媽、媽媽，是我，媽媽！」

「我不是你媽媽，你別亂叫！走開！！」

金髮女人恐懼地揮舞著手，彷彿京雅是化成人形的惡魔，隨時會傷害她一樣。女人轉身就跑，完全不顧幼小的京雅冒著危險穿梭在擁擠的人群之間。

「媽媽……媽、媽媽，我很想妳，我愛妳，請妳不要走……」

「啊——不要跟著我！走開！」

「媽媽……」

年幼的京雅被高大的人群撞倒在地上，他吃痛地爬起來，抽噎地哭喊著。

他無法理解，她明明就是媽媽，為什麼媽媽要推開他呢？為什麼媽媽說，她不是我媽媽呢？

京雅抬起發紅的眼眶，強忍著淚水，拖著磨破皮的手腳追上媽媽。他用哀求的聲音央求媽媽不要拋下自己。

他多麼想真真實實地擁抱那擁有一頭柔順金髮的母親，那個比童話公主還要美麗的母親。可惜京雅日思夜想的母親只是一次又一次無情地將他推開，直到另一個男孩出現在京雅面前——

「你是誰？你為什麼要搶我媽媽？走開、走開！」

一個長相秀氣，金髮紫眼的男孩氣呼呼地跳出來，擋在女人與京雅的正中間。他揮舞稚嫩的小拳頭，阻止京雅再度靠近。

京雅不解地看著眼前唐突的男孩，又望了望女人嫌惡迴避的側臉。這瞬間，他才發現小男孩與女人同樣有著一張洋娃娃般精緻的臉龐，與一雙能吸引所有人回眸，高雅、古典的淺紫色眼眸。

頓時京雅淚流滿面，他……明白了……

原來有對黑色眼珠的自己，真的……不是媽媽的孩子……

一股嚴涼寒氣襲來，京雅打了個噴嚏，被冷意驚醒。

他赫然睜開眼，發現屋裡的其中一扇窗戶鎖不知何時鬆脫了，清晨冷颼颼的風不斷從窗框縫隙颳進屋裡。

窗外高掛的豔陽與氣溫相反，刺眼的陽光穿透紗簾照射進來，叫人誤以為現下是溫暖的時節。

京雅緩緩坐起身，怔怔望著飄散在空氣中的塵埃，呆了許久。

沒想到……他夢見了慘不忍睹的過去。

他夢見了媽媽……

他很久沒有夢到媽媽了，自從被台灣的養父母收養、搬離英國後，他就沒再夢見以前的事了。

京雅原本以為夢裡那個金髮女人的樣貌早在他的印象中模糊了，殊不知，這一切仍舊如此清晰。他揉了揉鼻子，忍著涼意，走到窗邊重新把窗戶鎖好，腦中不知怎麼地赫然跳出朗恩那天的話——

『自以為的喜歡叫負擔。換做你，你要嗎？』

也許是馮娜的遭遇與某部分深層的自己重疊了，也可能是朗恩的話太過扎心，京雅一連幾日都沒睡好，還久違地憶起這段與母親初次相見的往事……久到他以為已經遺忘的往事。

他——果然是媽媽的負擔。

這樣的想法在京雅的腦海中揮之不去，他對抱有忌妒之心的自己感到厭惡，心裡很不舒服。

或許他無法真正討厭馮娜的理由，就是因為他們共同感知了「忌妒」吧。如同馮娜忌妒被朗恩擁抱的自己一樣，自己也忌妒著在夢裡能擁有母親懷抱的男孩。

他與馮娜一樣，妄想著從不屬於自己的擁抱。

一陣苦悶的思緒一閃而過，京雅拖著落寞的步伐來到廚房，替自己倒了杯溫水，藉此緩和緊繃的情緒。溫熱的清水一口一口流進體內，微微發痛的心隨著熱流逐漸平靜下來，水杯倒映出一間過分整齊的房子。

自從朗恩請埃斯珀幫他換門鎖後，埃斯珀和房東打過招呼，自動自發地請人重新裝修，還將這間套房裡所有的家具購置成埃斯珀規矩樸實的風格。京雅到現在都還無法習慣這樣的轉變，每次回家都誤以為自己來到了家具賣場的樣品屋。

他簡單梳洗完，打開樣品屋的衣櫥，套上樣品屋的T恤，對樣品屋的鏡子整理自己的儀容。

今天，是他要向朗恩報告馮娜之前負責的藝人後續處理事宜的日子。想起工作，京雅僵硬冰涼的身體頓時活了過來。

雖說朗恩並沒有與京雅簽訂制式的雇傭契約，但他當天就十分乾脆地把馮娜原先的抽成全轉到了他的帳戶。京雅也知道拿人手軟的道理，看來這爛攤子是不得不收拾了。

做就做吧！反正屁股都賣了，也沒比這個更糟的了。

第五章

埃斯珀熟練地操作著電腦，點選一支影片，投放到會議室的牆上。

這是一段在泳池片場的側拍，只見活潑的藍穿著誇張的戲服，對鏡頭擺出鬼臉十連拍，古靈精怪的表情把現場其他演員和工作人員逗得哈哈大笑。

雖說藍的拍攝行程緊湊，休息的時間與京雅對不上，可是每天他都會撥空向京雅匯報工作情況。但畢竟文字與影像不同，京雅很難掌握藍真實的情緒，時不時擔心藍一人在異鄉工作，是否會強迫自己強顏歡笑。不過今天看了這段工作人員的側拍，見到昔日膽怯的藍已經能與他人相談甚歡，並很好地融入劇組，京雅感到無比欣慰。

從藍的眼神中，他看得出藍是真心散發笑容，而非演戲。想必經過那幾個月一次次機會落空，膽戰心驚的演出空窗期，也多少讓藍有所成長了。

想到此，京雅露出安心的笑容。

「藍在片場的狀況不錯，導演也給予他極高的評價，難得連編劇都說藍非常適合這個角色，簡直是從劇本裡走出來的一樣。」

朗恩瞧著滿臉驕傲的京雅，有點像獻殷勤地說明。

「當然，這劇本是我千挑萬選的，沒有誰比藍更適合這個角色了。」聽到導演與編劇紛紛給出正評，京雅於有榮焉，「藍本來就有點膽小，性格卻意外的大剌剌，而這個故事裡面的主角還滿天真的，又不受現實拘束，藍可說是本色出演。」

京雅看著藍的影片樂不可支，邊說著，眼睛裡還閃閃發光。朗恩在一旁皺起眉頭，似乎對京雅提起藍的話題時全神貫注的樣子感到很不愉快。

朗恩心裡很不是滋味，他切掉影片，奪回人兒的注意力。

「喂！還沒播完耶！」京雅鼓起臉頰抗議。

「等等埃斯珀會寄給你。」朗恩回應得冷淡。

「也好，影片滿長的。不過……藍的側拍影片要發也是先發給我吧？怎麼會是給你啊？藍又不是你的人。」京雅雙手環胸，嘴裡喃喃抱怨著。

「但你是我的人，這現在是全天下皆知的事情。」朗恩說得理所當然，全然不顧室內還有埃斯珀在場。

湖水綠的眼眸肆無忌憚地對上京雅的雙眸，眼角、嘴角浮出得意的笑容。

朗恩眼周的笑尾紋讓京雅覺得刺眼，恰到好處的線紋將男人歷經歲月後獨有的魅力嶄露無遺。一瞬間，京雅走了神，不小心把朗恩做愛時的表情與現在的樣子相疊。

該死。

京雅在心裡咒罵自己，趕緊甩甩頭，甩掉那不該出現的邪念。

「我看差不多該進入正題了吧！」

京雅乾咳了一聲，在朗恩對他做出「請」的手勢後他拿出手機，氣定神閒地對朗恩呈報他之後的安排。

那日馮娜指責朗恩偏心，派給她的皆是過氣藝人，但實際不然。

京雅回家仔細看過馮娜手裡藝人的資料後，發現她口中所謂不上不下的過氣藝人，其實年輕時都頗具名氣的歌手，早年具有一定程度的群眾積累，只要延續產業模式，多少都會有固定成績。可惜的是馮娜這幾年只計較過去歌曲的版稅收入和產品代言，沒替「歌手」這個職業的本質爭取更多新曲和創作機會，白白浪費了一手極好的底牌。

京雅一面在內心感嘆，一面點開簡報開始解說：

「這幾天跟各位前輩稍微接觸後，其中一人表示合約到期之後想要轉為獨立藝人。」

「意思就是不續約，好。接下來呢？」

朗恩馬上明白意思，與埃斯珀交頭接耳一陣子後點頭同意。

「另外有幾位演員手上還有一些零碎的戲約，我想等戲告一個段落時再來整合。不過，這期間我也會留意是否有合適的劇本。另外兩位演員有意願退為幕後人員。」說到這裡京雅頓了頓，微微張口，似乎還想說些什麼，但還是沒說出口。

「說吧。」察覺到京雅欲言又止的神態，朗恩接話道。

「咦？我嗎？」

京雅微微詫異地反問，朗恩則點了點頭。

「怎麼？你沒有其他要補充的嗎？那就這樣。」

「呃、不！我是有一個想法。」京雅緊接著提議說：「我在想，兩位有意願退居幕後的前輩，是否能成為公司新人演員的表演老師之類的？」

「這樣的話，我會傾向安排他們去各個大學擔任特別講師，或開演藝講座。埃斯珀，先幫我聯絡這幾間大學的表演系所，看他們意願如何。」

「是。」

聽到京雅的提議後，朗恩隨即交代埃斯珀幾間平時有合作的大學，埃斯珀也立刻點開平板做註記。

的確，有群眾基礎的演員到大學任教，或開講座的收入及宣傳都比擔任公司新人演員的導師來得有影響力，朗恩如此快速的判斷能力及觀點反應讓京雅內心為之駭然。

即便朗恩之前有點輕視自己，小看自己，但此刻這個站在演藝界巔峰的男人正專注地和自己開會，真切地聽取他的意見並注入自己的看法，然後周密地安排執行。

原來……自己的想法是被真誠對待、被重視的。

感受到這個事實後，忽然有股熱流從京雅腳底竄過，慢慢暖上心頭。

朗恩英氣外漏的神情讓京雅的心跳稍稍漏了半拍。

「繼續。」此時朗恩微微點頭，抬眼看了一下京雅。

「呃……喔，那個……」京雅眼皮跳動，趕緊回神，有些結巴。

「怎麼這樣看我？該不會愛上我了？」

朗恩收起認真的神情，換上一抹玩世不恭的微笑。

「你去死吧。」京雅秒回。

「哈哈哈哈哈——你繼續。」朗恩大笑幾聲，用手示意京雅繼續報告。

京雅啊，京雅，你到底在想什麼？你振作點啊！

心中的自我喊話結束後，京雅拉下臉來說明其他人員的安排：

「剩下的六個人剛好都是歌手，我希望他們能組團。」

「組團？」埃斯珀露出疑惑。

「雖然前輩們都個人出道很久了，但是歌壇前輩組團，以新人之姿再次出道也創造了不少話題性，而且這種再次出道模式並不罕見，在亞洲娛樂圈行之有年了，這是可行的策略。」京雅頓了一下，接著道：「我看了一下他們過去所有的演出，發現他們在節目上都表演過阿卡佩拉，並且學生時期似乎都有相關的表演經驗，所以我想從這個點著手，希望他們六人能以阿卡佩拉組團。」

「你打算怎麼操作？」

朗恩沒有否定京雅的提案，反倒托起下巴，認真思考起來。

得到朗恩初步的肯定，京雅信心大增，接續解釋他的計畫。

他要公司專門為這六位歌手量「聲」打造一首單曲。由於六人剛好來自不同國家，他要請這六人回到自己的國家參加蒙面的歌唱盲選，並在入圍前五的決戰時，同時選唱那首量聲打造的單曲。

打進前五名的歌手一定能獲得關注，在各國盲選的影片裡，若同時有人唱同首曲子的話，鐵定會被網友拿來對比。

一首曲子能拆成六人個唱，但合起來也是完整的一曲，如此安排絕對可以獲得網民的關注，到時相關的話題性、討論度都能水到渠成，自然發酵。

「你怎麼那麼肯定他們一定都能進到前五？」朗恩反問。

即便蒙面歌唱盲選是極具話題性的比賽，不過前提是參賽者本身需要進階到前十或前五，才有可能造就高話題，不然都只是比賽充數的廢料而已。

「他們曾經都是你看中的人，沒道理連拿前五的實力都沒有。」京雅篤定地回答。

這次卻換朗恩沉默了。他沒作任何表態，只是神態自若地盯著京雅，目光中隱隱蘊含著銳利的氣息。

「他們只是沒有去到對的舞台，進了這個世界反而被埋沒，真的很可惜。」

朗恩的沉默讓京雅莫名焦躁，他滾了滾喉嚨，試圖說點什麼，使氣氛不那麼嚴肅。

須臾——

「行，就試試看吧。」朗恩做了結論。

「真的？」

京雅瞪大眼，興奮地從椅子上跳起，有些不可置信地看著朗恩。

「嗯，就依你。」

朗恩微點頭，表示同意。

京雅膽大超凡的布局令埃斯珀欽佩，同時也感到擔憂，於是開口，「那個……」

「怎麼了，埃斯珀？有什麼意見就直說。」朗恩問。

「對於安排本身我並沒有什麼意見，只是擔心。因為這些歌手們曾經紅極一時，現在大多已過中年，真的能如我們安排，拉下面子去參加新人盲選嗎？尤其是ＫＣ，他個性固執，沒那麼好配合吧？」

「我剛剛也在想這件事，不過我認為ＫＣ他——」聽聞埃斯珀的煩憂，朗恩也皺起眉，只是他還沒說完，話就被京雅打斷。

「這你們不用擔心，各位前輩我都談好了，這確確實實是經過他們點頭後才提出的策略。」

「你商談好了？」朗恩面露訝異。

「我不會拿一個空的東西來汙辱我自己。」

「他們真的都同意？沒有勉強嗎？」埃斯珀憂心地追問。

「他們不只是藝人，同時也是歌手，站在舞台上成為焦點是他們一輩子都在追求的事。擁有聽眾這件事情，不管要拉掉幾層面子，我想只要是一位真正的『歌手』，都不會有人拒絕的。

ＫＣ前輩當然也沒有拒絕。」

「簡單來說就是動之以情大於曉之以理。看來你口才不錯。」

ＫＣ是上個世代頗具實力的偶像型歌手，但他十分堅持己見，合作過的人員都直呼吃不消，最後馮娜乾脆無視他。而ＫＣ執拗的個性朗恩不是不知道，對於京雅能在短時間內說服他，朗恩大感意外。

「才不是，是前輩們都擁有歌手的靈魂。」京雅搖頭，委婉迴避朗恩的稱讚，「他們同意參加盲選，就代表他們對舞台有不能輸的決心。大家為了夢想……都是賭上尊嚴的。」

「既然歌手們對安排沒有異議，那我們可以著手準備了，歌曲的話，首先問一下ＫＣ之前的專用編曲吧！」

「了解，我立刻聯絡。」

「喔對了，還有先把合聲找好，最好要有錄音經驗，好配合的人員優先安排試唱……」

接著朗恩與埃斯珀相繼走出會議室，但返回辦公室時，埃斯珀再也藏不住疑慮。

「先生，您真的要執行少爺提的方案嗎？」

「你很擔心？」

朗恩拉開玻璃窗，從容地點上一支菸。

「這是個龐大的賭局，紙上談兵固然可行，但要每位歌手打入前五……這是誰都無法保證的事。會不會太過冒險呢？」

「埃斯珀，疑人不用，用人不疑。若要說賭局，藝人經紀這件事何嘗不是最大的賭局？」

簽約藝人本身就與賭盤下注同樣，單憑一己的眼光與直覺，就決定是否買注一個人往後幾年的人生。要說京雅的方式過於冒險，確實有一點，但賭局既然已經開盤，成敗自負。況且朗恩再清楚不過在演藝世界中，跟著一帆風順的套路前進只會被淘汰。

朗恩彈落菸灰，繼續說道：「說到冒險，馮娜的經營方式就挺保險的，雖然收入無法比擬巔峰時期，但也算穩定。可是啊……埃斯珀，過去馮娜手裡的人有多少人甘願就此平凡呢？」

聽見朗恩的話，埃斯珀恍然大悟。

不甘平凡，是每個演藝人最大的野心，無論演員還是歌手。想必這也是京雅能一語觸動人心的點。

「有人自願冒險，我當然奉陪到底。」

朗恩輕啟薄唇，呼出一抹白煙。他想起京雅在報告時的神采，以及他不容置喙的自信，碧綠的眼珠充滿著因刺激擦出的火光。

另一邊，朗恩與埃斯珀一離開，會議室一下子變得過分空曠。

京雅靠在椅背上，努力調節自己的呼吸。他從沒想過自己這麼快就能接手重量級的藝人、提出高成本的提案，更沒想到下一秒提案便能立刻執行，這一切如夢似幻，來得令京雅措手不及，卻也令他激動欣喜。

他閉起眼，按摩發痛的太陽穴，早晨的夢境又一次在他腦海裡重播。母親別過臉，嫌惡的容顏浮現在眼前。這原該是沉重的畫面，京雅卻沒來由地笑了。

他果然是媽媽的負擔。

但此刻，他是被需要的。

他的提案被接受，有人需要他帶領。

歌唱盲選是場開盤不高的賭局，而為了被需要，不只歌手，他也賭上了心與尊嚴……

§

「乾杯！」

「耶——！」

「祝我們重獲新生！」

「乾杯！喔呀——」

在司儀領頭的歡呼聲中，宴會廳中的所有人共同舉杯歡慶。

今天是慶祝阿卡佩拉六人組合推出首張數位專輯的日子，朗恩特地包下市區最豪華的酒店，作為專輯發售記者會及慶功宴會場。記者們將偌大的宴會廳擠得水洩不通，還有眾多明星受邀出席捧場，自發表會開始，全場燈光就閃個不停。

京雅站在幕簾後靜靜望著台前亮麗的一切。努力了一個季度，總算苦盡甘來，京雅心中感到無比欣慰，悄悄放下幕簾，返回休息室。

這幾個月往返各地排程的舟車勞頓、與合作方來回接洽的繁雜工程，以及和歌手們磨合的辛勞等勞累疲憊，都在看見藝人們榮耀登台的那一瞬間消散。

依照京雅的安排，以ＫＣ為首的阿卡佩拉組合爆發力驚人！這次的舞台，六人不但首次登台就因各自獨特的嗓音立即受到注目，穩健的台風、不油膩、不炫技的唱功擄獲了一票評審與觀眾，眾人無不好奇他們面具底下的真實面目。最後六人果真不負眾望，一路過關斬將，晉級前五。而晉級前五名選曲的絕妙安排，果然在歌唱圈引起一陣話題。

在前三名決選上揭曉面具的那一刻，瞬間收視更是飆破百分之二十，成為該歌曲節目史上最高的收視率。

揭曉成員真面目的戲劇效果比預期的還要成功！昔日人氣歌手以另類風格回歸，不但舊日的粉絲們紛紛回鍋，連帶著掀起了一波阿卡佩拉的合聲熱潮。不但有歌唱電影來邀約客串演出，各種廣告代言紛飛而來，連帶著歌手們過去的作品也重新刷進音源排行榜。其中，ＫＣ過去的抒情歌更是連續五週拿下排名第一的寶座，六人組合的自媒體影音頻道於短短一個月內攻破了五十萬訂閱。

這次的記者會尾聲，領頭的歌手ＫＣ甚至帶著其餘五人向京雅表達謝意，感謝他為自己創造歌手生涯的第二次高峰，並難得感性地訴說「千里馬常有，伯樂卻難遇」的話，展現對京雅的知遇之情。

贏得了KC罕見的讚賞，京雅帶人的實力眾人有目共睹，埃斯珀更打從心底折服在京雅手裡。

埃斯珀自朗恩父親那一代便來到李家，向來只願意為強者工作。剛認識京雅時，一板一眼的埃斯珀內心十分牴觸這個不太有禮貌的小鬼，更不能理解老闆朗恩為何要花費時間與他周旋。直到他深入處理暗中抵制京雅的工作時，才漸漸了解到這個男孩的確不簡單。

以毫無金援勢力的獨立經紀人來說，京雅能運用的，就只有他精準媒合藝人實力與作品的能力，以及動之以情、堅持不懈的溝通方式了。

要抽掉京雅慎密的安排並不是件容易的事，要推薦替補人員給製作方更是難上加難。這段期間，埃斯珀提出的人選對製作方而言都只是次選，只能貼點贊助來讓對方點頭換人。經過前期的暗地周旋與這次復出的合作，埃斯珀明白不是像朗恩那樣權力在握、赫斯之威的才是強者。

所謂強者，不是只有一種面貌。

埃斯珀走在飯店的長廊上，細想著這段時日來發生的種種，半年的時日彷彿一瞬間，他不禁感慨地笑了。他停在一間休息室前敲了敲門，得到房裡人的許可後有禮貌地開門進去。

「少爺。」

「是你啊，埃斯珀，有什麼事嗎？」

「是這樣的，先生說等等慶功宴結束，KC有另外邀請成員們和經紀人到他的私人宅邸續攤小聚，要您準備一下，一同前往。不過……少爺，您這是要回去了嗎？」

埃斯珀話還沒說完，就見到京雅拉上外套，正在收拾背包。

「對啊。」京雅點頭，把桌上的食物包裝紙扔進垃圾桶中，「我覺得有點累，之後的續攤我就不參加了，請你替我轉告你老闆。」

「嗯？可是……」

京雅收拾完後逕自拎起背包準備離開，經過埃斯珀身旁時，突然打住腳步，歪著頭看著直挺的祕書。

「對了！埃斯珀！」

「少爺，有什麼事嗎？」

「可不可以不要叫我少爺？直接叫我名字不行嗎？」

之前京雅對這稱謂沒多大的感覺，反正稱呼並不影響生活與工作，但剛剛在慶功宴上當著眾多人面前被稱少爺，還是感到有點難為情。

「那怎麼可以呢？我們不能和先生使用同樣的稱謂稱呼您。」

「呿！規矩真多……算了，我先走啦！拜！你今天也辛苦了。」

得到埃斯珀慎重的回覆，京雅喃喃抱怨埃斯珀不懂變通。

「等等，少爺。」

「又怎麼了？」

「您現在要回家的話，我跟先生通知一下，先生應該會想送您回家，請您稍等。」

埃斯珀說著，掏出手機準備撥電話卻被京雅攔下來。

「哎呀！不用麻煩了。」京雅拍拍埃斯珀的肩，表示不在意，「回家而已，又沒有多遠。他等一下不是還要去KC家嗎？我就不耽誤他時間啦。」

「等等，少爺。」埃斯珀搶先京雅一步堵在門前，擋住了去路，突然沒頭沒腦地開口：「少爺，我中文不太好，但是很喜歡中文裡的一句諺語。」

「呃……什麼諺語？」

京雅眼珠一轉，面露困惑，不理解埃斯珀話語的意義。現在是要玩猜謎語嗎？

「是『錢要花在刀口上』這句諺語。我的中文教師跟我解說這句話的涵義後，我就覺得這句話的比喻非常有意思。」埃斯珀停了一下，真誠地看著京雅說，「少爺，對先生來說時間就是金錢。」

「嗯……」

京雅呆愣，一時間說不出話。

「我中文不大好，真的很抱歉，但我想少爺應該比我更明白這句諺語的意思。」埃斯珀說完，衝著京雅展現一個超級和善的微笑。

「喔、嗯，我……當然知道這句話的意思。」京雅胡亂點頭，臉頰逐漸躁熱起來。

「太好了，那您稍等一下，我去通知先生，順便備車。」

看著埃斯珀的背影消失在轉角的樓梯，京雅立刻關上門，拚命朝臉頰搧風。

埃斯珀那傢伙！

「搞什麼啊他？明明中文就很好。」此刻京雅越想冷靜就越靜不下來。

埃斯珀的暗喻相當明顯——試問世界上有哪個男人會對不感興趣的人事物花費時間呢？

§

幾分鐘後，京雅跟著埃斯珀來到飯店後花園旁隱蔽的車道，朗恩已經將車停在那裡了，貌似等了一段時間。與埃斯珀互道晚安後，京雅半推半就地上了車。

這是他第二次坐進這輛車，兩隻眼睛時不時往後照鏡瞄去。鏡中照出整潔的後座，京雅總感覺有點彆扭。

那晚自己瘋狂失魂，拋棄羞恥哀求朗恩的片段一幕接一幕不由分說地跳進京雅腦中，明明和朗恩做愛這檔事也不是第一次了，怎麼現在覺得特別害羞？

「什麼錢要花在刀口上，他鐵定是隨便說的。」京雅低聲嘟囔。

不過就是別人隨口說的幾句話，幹嘛那麼在意啊？都做過幾次了，真是的。

京雅一下驚悚、一下無奈、一下懊惱的表情全被朗恩收在眼底。

「怎麼？想到有趣的事？願意跟我分享嗎？我洗耳恭聽喔。」察覺到京雅心思的朗恩半開玩笑地說。

「惡趣味。」

京雅白了朗恩一眼，暗自在心裡咒罵自己不爭氣，怎麼就這麼容易被唬了。

「呵呵。」

「笑什麼？」京雅怒嗆。

「沒什麼，只是想到有趣的事。」朗恩瞟了一眼後照鏡，傾身湊到京雅身旁，「我不介意跟你分享喔！」

「謝謝你的大方，但我不想知道。是說你不和KC續攤好嗎？他不爽怎麼辦？」

京雅立即拒絕，小小嘖了一聲後開新話題，殊不知朗恩聽見問題，笑得比剛剛更大聲。

「看來你也很了解KC的個性了嘛。」

「這幾個月我們幾乎每天見面，能不了解嗎？」

KC是圈內以性格古怪出了名的藝人，就連天氣預報不準都能生氣一整天。這次會邀請朗恩到私宅續攤，看來是有重要的事要商談吧？朗恩雖是老闆，但拒絕邀請，想必KC又要賭氣了。

「放心吧！他知道你累了，還催我快點載你回去呢，看來你完全將他收服了呢。」

「KC其實是個刀子嘴豆腐心的人。」

「也是，他一向吃軟不吃硬。」朗恩會心一笑。

此時前方的信號燈切換，朗恩放開油門，讓車緩緩停在標誌線前。趁著等紅燈的空檔，他側過身扣住京雅的下顎，自然地向他索吻。他含上他水軟的唇瓣、舌尖，漸漸由輕吻轉成了深吻。

兩人的唇舌互相纏繞舔舐，越吻，京雅的身軀越往前傾，應和著強吻自己的男人。他閉上眼，任男人放肆地索取自己，直到下一個燈號切換，他的唇才離開他。

感覺到唇上的溫度突然抽離，京雅瞬間有些悵然，但他沒有表現出來，而是繼續闔著眼，倒回椅座上閉目養神。

開始有了下體結合的關係後，朗恩在性愛時都會吻他。就朗恩所言，世界沒有一個男人會在做愛時不親吻伴侶，即便沒有感情，氣氛使然也會親吻的。不過最近朗恩在非性事的期間也會吻他，一有空檔就會親幾口，時而輕啄，時而深吻，而且次數越來越頻繁。

京雅輕閉的雙眼微微抽動幾下，困惑身旁人越來越超出界線的舉止是否有隱藏的含意？

別再想了，京雅，或許就只是習慣而已。他對自己說。

可惡，都是埃斯珀胡言亂語害的。害他腦袋嗡嗡作響，產生一些莫名其妙的想法。

「話說回來，剛才我去和ＫＣ打招呼說不續攤時，他順道問了我一個關於你的問題。雖然我無法給他答案，但是我對他的提問也很感興趣。」朗恩突然悠悠開口。

「關於我？」

京雅好奇反問，但他沒有睜眼，繼續維持閉目的姿態。

「嗯哼！他問我，你在格拉斯哥生活過嗎？」朗恩問。

格拉斯哥位於英國一個歷史豐富的河口城市，修築著許多古典的修道院及歷經百年的老教堂。那裡道路雅致，一年四季都擁有如水彩畫般的唯美氛圍，被賦予了設計之城的美譽。

聽見關鍵字，京雅彷彿受到驚嚇似的立即睜開眼，隨即慢慢閉上。

「幹嘛問這個？」

「你的英文有那裡的口音。KC說你和他太太很聊得來，他太太是英國人。」

「這樣啊……所以呢？」京雅無所謂地接話。

自從正式接手馮娜的藝人後，京雅便不再掩飾自己語言流利的事。

「所以你真的在格拉斯哥生活過？」

「小時候吧……你幹嘛突然這麼好奇啊？」京雅不耐地問，語氣明顯不悅。

「我一直都很好奇，只是沒有問而已。」朗恩舒了口氣，接著把自己的觀察一一陳述出來：「雖然是亞洲樣貌，卻擁有一頭金髮。雖然身在亞洲，卻硬要闖蕩歐美圈。雖然是台灣人，小時候卻在英國生活過。雖然英文很流暢，卻裝作不太會。以上，我每一點都非常好奇，好奇得不得了。」

「裝不太會是為了避免一些麻煩而已。」

京雅選擇性回答朗恩最後的問題，隨後便沉默。他闔上眼睛的臉龐恬靜安寧，就像睡著一樣，不過朗恩知道京雅清醒得很。

「我尊重你的隱私，不想說的話，那不說也無妨。」朗恩又說。

「很好，有些事情就該一起帶到棺材裡。」

京雅依舊閉著眼，托著額頭靠在窗邊，沒有要繼續對話的意思。

朗恩也沒強迫，碧翠的眼珠將視線放遠，靜靜地沉浸在車外的夜色當中。

不知過了多久，直到幾台警車從他們車輛旁呼嘯而過，刺耳的鳴笛聲挑動京雅敏感的神經，被襲擊的恐懼絲絲竄上心頭。他睜開眼睛，不停端量車外的情形。

他們已經回到京雅租的公寓附近了。

「停，我在這裡下車。」

京雅突然開口，要求朗恩把車停在公寓轉角前的幾個街口。

「這裡離你公寓還有一段路。」

「這裡就好，再進去人就雜了。」

這一區治安不太平靜，讓人看到自己從一台高級房車下來的後果不是被搶、被偷，就是等著被恐嚇。

朗恩也明白京雅的擔心，於是點了點頭，看中路邊的一個空位並將車轉進去。誰知京雅才剛準備下車，突然有名蓄著鬍子的刑警走來，警告似的敲了敲車窗，並亮出配槍。

「晚安，我們是街裡面的住戶，請問是發生什麼事了？」朗恩降下車窗，有禮地詢問來者。

「老兄，這裡是案發地區，即將擴大封鎖，請你們立刻離開。」刑警指了指前方被封鎖的街道。

「案發地區？」

京雅與朗恩不約而同地相覷一眼。

「槍擊案。這條街剛剛發生道上黑吃黑的槍擊追逐，我們需要封街。」刑警用拇指比了比前方正在上封條的警員，簡單解釋了一下。

「封街？不能進去的話，那我們要去哪裡？」京雅頓時一臉錯愕徬徨地追問。

「那就不是我的工作了。老兄，看你們的樣子不是關係人，別妨礙我們工作，快走吧！」刑警打量了一下朗恩，漠不關心地催促他們趕快離開。

遭到驅離後，朗恩只好迴轉，正巧這時又有三四輛警車與救護車與他們擦肩而過。每輛警車都走下幾名身帶全套配備的刑警，和醫護人員一一彎進黃色的封鎖線中。

「看樣子挺嚴重的。」朗恩盯著後視鏡，眼睛瞄向京雅，「你住這裡真是太危險了。」

「沒辦法，誰叫它一個月只要三百美呢。」

朗恩看著漫不經心的京雅，「屋裡有貴重的東西嗎？」

「沒有，只有埃斯珀買的家具，那些算嗎？」

京雅搖搖頭，自從上次發生竊盜事件後，他就將裝著護照的小鐵盒隨身帶著。

朗恩沒接話，直接轉動方向盤往自己的住宅駛去。

第六章

朗恩的私宅意外地不氣派也不豪華，只是一般帶設計感的酒店式公寓。

但這棟樓房坐落在市中央中心公園的周圍，即便是公寓華夏的規格，其房價也不容小覷。更何況朗恩住在最頂樓，再怎麼無知的人也明白沒一點身分或財力的話，是不可能搶得到熱門區上層住宅的。

綿密的水柱由頭上的蓮蓬頭不斷嘩啦嘩啦地往下沖，淋浴間四周還噴散出熱呼呼的蒸氣。京雅深陷在棉花般的水霧裡，感覺通體舒暢。之前常聽藍說溫暖的水蒸氣是療癒疲憊身心最好的解藥，這下京雅算是徹底體會到了。

敬了一晚的酒，就算京雅酒量不差，但暖流流過全身的瞬間，意識仍泛起了一絲微醺。他輕閉雙眼，享受大腦微微暈眩的感覺，放鬆地將前額抵在牆上，嘴邊發出舒服的嘆息。

「啊啊……朗恩那傢伙每天都能享受這種設施，也太幸福了吧……真是越想越討人厭。」

京雅一面喃喃碎念，一面享受這難得的水療體驗。

「難怪耳朵有點癢，原來是你想我了？」

「是在詛咒你。」

朗恩柔啞慵懶的嗓音突然從背後冒出來，京雅習慣性回嗆，也懶得回頭了。

「你住下來的話就能每天用喔。」朗恩發出誘人的提議。

「誰要住下來啊。」

京雅嘴上這麼嗆，但內心又捨不得蒸氣浴……天啊，這蒸氣真是該死的舒服。

唉，自己還真容易被打包啊！京雅心裡暗想。

「反正你這幾天是回不去了。」

朗恩邊說，一雙健壯的手臂從後方環住京雅，朗恩特有的藿香伴著體溫由上而下壟罩住京雅全身，他冷不防渾身一顫，感覺流過身上的水滴溫度突然飆高了幾度。

朗恩輕婉地撩起京雅散在肩上的長髮，露出修長的後頸，骨節分明的脊椎勾出誘人的弧度，撩撥著朗恩熾火的慾念。他露出皓齒，啃咬京雅修長的頸項，印下一串自己專有的痕跡，下身屬於男人的炙熱硬物緊緊抵住京雅的臀部。

「什麼好心讓我借住，你根本就是要方便的飛機杯嘛。」

感受到朗恩起勁的柱狀物正蓄勢待發地磨擦著自己，京雅無奈地低喃一句。

雖然他早就料到會是這樣的發展了。

「你這樣說，我有點傷心。」

朗恩扣住京雅不盈一握的腰，將他轉過身面對自己。

水滴沿著京雅細緻的臉蛋臉滴滴答答滑下，匯集到鎖骨的凹縫，流向胸口。朗恩寬大的手愛撫著他胸前的肌膚，撥弄著已經硬挺發紅的乳尖再突然捏住，懲罰似的大力掐揉，突然的刺激惹得京雅低喘一聲。

「慶功宴上我滴酒不沾，就是為了送你回家喔。我是不是該領取一點獎勵呢？」

朗恩親密地咬著京雅的耳垂，兩手更加重搓揉京雅乳頭的力道。

「我又沒有回到家，再說我拒絕的話，你就不領嗎？」

京雅當然知道拒絕無用，但就是忍不住想反駁幾句。胸前的刺激讓京雅的燥熱有增無減，隨著酥麻的愉悅感從胸口擴散全身，京雅的性器也逐漸膨脹起來。

「呵呵，我送你回我家啊。」朗恩說得理所當然，濕潤的舌尖探進京雅的耳廓，語氣甜膩，「對了，我在車上不是說想起了一件有趣的事嗎？你真的不想聽我分享嗎？」

朗恩的嗓音雄厚有磁性，彷彿要把京雅的理性一絲不剩地全吸走，溫熱的唇在京雅的臉頰與耳際間游移，下腹的物體愈發脹大，摩擦著京雅被挑起的慾望。

「是很精彩的故事喔。」

「要跟我分享故事，那故事要夠刺激才行。」京雅說。

「那當然。」

朗恩淺咬下唇，勾出魅笑，貼在京雅耳邊端出低沉迷離的嗓音，「我保證你一定會求我講續集的。」

說完，朗恩直接蹲下身，肌肉精煉的雙臂穿過京雅的雙膝後方，一把將京雅扛起來。

這個姿勢使京雅的私處大開，下體毫無遮掩地展露在朗恩面前。他伸出舌頭逗弄起京雅勃起的下體，即便他們是坦承到不能再坦承的關係，但被朗恩以這種姿勢舔弄陰莖，京雅還是覺得害臊，因熱水發紅的肌膚又染上更深的紅暈。

朗恩的嘴唇熾熱柔軟，比熱水還要高溫的喉間包覆住京雅挺翹的下身，強烈的歡愉感襲來，京雅本能地微挺腰桿，兩股間的穴孔也不自覺收縮起來。

「等等，等……不要這樣。」

「不喜歡？」

「會、會摔……下……」京雅顫抖著，說不出一句完整的話。

「那我要好好撐住才行。」

說著，朗恩大手扳開京雅嫩白的臀部，些微粗糙的指腹在柔軟的穴口畫圈，最後往裡探去，兩隻長指在窄穴中淺入淺出。

早已動欲的後庭哪禁得起這樣試探，在一次較為深入的戳進時，微微顫抖的後孔突然收縮，主動含住了侵入的手指。微溫的水流隨著手指流入後孔，讓京雅心癢難耐，肌膚比溫熱的淋浴水還要滾燙。

「你、太過分了……」

京雅嬌喘指控。以現在的體位，他根本無法反擊，只有被進攻的份。

「我以為這是你早知道的事。」

如鷹的綠眼捕捉到京雅充滿慾望的表情，朗恩露出滿意的笑容。他彎起手指，熟練地在京雅體內深處掐捏，每一下都刺激到最柔軟的核心。京雅呼吸越來越重，被高舉的他再也無法保持平衡，只能將胸腔抵在朗恩額頭上，緊緊摟住他的脖頸。

京雅嬌嫩微啞的喘息聲似電流一樣，一絲一聲竄流進朗恩耳中，一路從耳膜流到心臟，再流到下腹，昂然挺立的陰莖似乎又腫大了一圈，蠢蠢欲動著。

慾望渲染了兩人，也徹底侵蝕了京雅。

他們到底做過幾次了？十次？二十次？還是三十次？還是更多？

不知道，京雅數不出來。

「放我下來！難道你要靠手指射嗎？」

「我可以用手指讓你射。」

京雅直起身，捧住朗恩的臉，一雙被情慾染濕的雙眸直勾勾地凝視著眼前的男人，用欲求不滿又充滿命令的口吻道：「但我不想只有手指……」

一晚的酒精與暖綿的水蒸氣讓他意亂情迷。

聽見京雅大膽淫蕩的言語，朗恩瞬間露出詫異的表情。

「抓好。」

朗恩兩臂一降，將京雅放下到胸前，京雅則機警將腿環上他的腰，以防自己掉下去。這個反射動作讓朗恩血流加速，勃起的碩大又腫脹了幾分。

朗恩蠻橫地堵住京雅的嘴，貪婪吸取他口中濕滑甜膩的軟舌，將京雅帶離了浴室。

他們渾身濕漉漉地跌進床上，而朗恩的唇仍沒有離開京雅。京雅被吻得缺氧發暈，平坦的胸腔劇烈起伏，只能發出嗚嗯的氣聲，直到他真的快暈厥時，朗恩的唇才放過他。

「至少先擦一擦吧。」

京雅渾身瘦軟地躺在床上無力地說，任由朗恩將他翻轉，並托起他的臀部。

「滾一會兒床單就乾了。」

現在的他一秒都等不了。

京雅的臉貼在床單上，鼻間全是朗恩的氣味，好聞的味道從四面八方包圍過來，京雅整個人頓時失魂。接著他感受到後孔一陣冰涼濕黏……是潤滑液的觸感。

在這陣濕黏之後，便是朗恩那比自己還粗壯的硬物……京雅忍不住緊抓床單，心裡悄悄期盼著填滿自己的感覺快點到來。此時朗恩從抽屜裡掏出保險套，正要撕開時卻被京雅一手按住。

「夠了，直接來吧……」京雅眼神迷濛地用脣形嘟囔著，主動將臀部對上朗恩肌肉線條誘人的下盤。

「你確定？」

「反正洗床單是你的事。」

京雅趴跪著，金髮慵懶地散在床上，一手捲著棉被，一手抽出朗恩手中的保險套丟到地上，並主動扳開自己的臀瓣。

「錯了，洗床單是洗衣機的事。」

對於京雅的主動，朗恩咬唇微笑。他雙手獲住京雅高高翹著的臀，健碩的下盤猛斜一挺，將自己的性器深深頂入身下人兒柔嫩溫熱的內穴。

「啊……呀啊……」

這一下直接頂觸到京雅最敏感的部位，京雅忍不住失聲。

空虛已久的後穴被朗恩的碩大擠入，京雅舒服得不斷嬌喘，後孔收縮著。他情不自禁地搖起腰桿，將自己的股間往朗恩的胯下送。

「嗯啊、啊……唔啊——」京雅滿臉通紅，忘情地喊著。

見身下人這番放蕩的模樣，縱使朗恩有極強的克制力，也承受不住如此刻意的挑逗。他緊緊抓住京雅的嫩臀，開始狂猛地擺動雄腰，將自己巨大的性器撞進京雅的窄穴中。在一抽一插之間，朗恩不忘撫弄京雅充血的前端，一時間所有快感匯集到下腹，瞬間濁白的液體噴出，沾濕了朗恩的手。

慾望宣洩後，京雅頓時四肢脫力，猶如軟泥一樣癱在床上。

朗恩舔拭著染在手上的精液，不忘貼心替京雅翻身，好讓他呼吸順暢一些。然而他才剛退出京雅體內，京雅便立即反過身，一口含住朗恩腫脹不堪的性器吸吮起來。

看著京雅迫不及待的姿態，朗恩饒富興致地扳開京雅的嘴，手上的精液沾到他的唇齒間，流進了京雅的喉嚨。

京雅趴在朗恩的胯下，抬眼凝視著他，挑逗般地舔吸著他的手指。朗恩的手指則在京雅嘴裡來回伸縮攪動，連帶著京雅的性器又微微滲出液體。

「今天是怎麼了？特別積極。」

京雅兩頰暈紅，淺淺一笑，口吻含糊地說：「第一次在床上做……都是你的味道……」

沒想到會得到這麼誘人的回答，朗恩不由得下腹一緊。

「真的呢，是因為在我床上，所以興奮了？」

京雅因情慾而迷亂，說完張口繼續吸啜著眼前朗恩炙熱的陽具。

朗恩愛撫著京雅柔軟的髮絲，享受著他的服務，接著他猛按住京雅的頭部，將昂挺的性器一下子全插入京雅嘴裡。膨脹的陰莖粗魯地撐開京雅柔嫩的喉道，貝齒輕輕刮過環繞柱體的青筋，朗恩舒服得肩頸打顫，緊接著以更激烈的力道在京雅口中抽送。

京雅趴跪著，任朗恩侵犯著自己的嘴，不知過了多久，他感受到口中的粗壯猛烈地跳動一下，隨之而來的是一股滾燙的熱流灌入喉中。

朗恩在京雅口中釋放出第一波慾望。

他將性器抽出來。京雅的嘴唇牽著幾縷銀絲，未能吞入的精液也隨著朗恩的抽出而溢出唇角，淫靡地緩流出來。

瞬間，朗恩停下所有的動作，他一語不發，直勾勾地凝視著赤身裸體，皮膚潮紅的京雅。

這個停頓突然使京雅莫名地羞恥與尷尬。

兩人的性愛從來都是激烈且綿密的，至今從未有過空白的片段。

「怎麼……了嗎？不喜歡太主動？」

朗恩靜止的空窗時間越長，京雅越發不自在。他與朗恩對視一眼，腳趾不安地蜷縮起來。

「沒什麼，只是覺得你很美。」

朗恩笑了笑，迷人的唇說出最誠心的話語。

京雅聽見先是一愣，然後大笑幾聲道：「少來了，我不是女人，不需要你在床上說好聽話。」他覺得朗恩只是習慣性地在床上哄人罷了，沒當一回事。

「我對你說好聽話，跟你是不是女人沒有關係。」

可朗恩非但沒有接續京雅玩笑的語氣，反而不悅地瞇起雙眼，露出在性愛中從沒出現過的嚴肅表情。

朗恩的語氣太過正經，京雅不自覺地收回笑容。朗恩輕柔地撫摸京雅的臉龐，似乎想傳達某種意念。

感覺到臉上多了柔軟的溫度，京雅怯生生地抬眼，迎面對上朗恩認真深邃的眼眸，這一刻京雅胸前忽然怦動，胸腔的肌肉、骨頭、皮膚似乎都壓制不了即將跳出來的心臟。

平時他們都是直接提槍上陣，京雅根本不敢相信朗恩會做出如此溫柔的舉動。不知怎麼地，埃斯珀在慶功宴上暗喻的提醒此刻在京雅腦子裡狂打轉，酒精讓他萌生大膽的想法。過一會兒，京雅鼓起勇氣小聲問道：「喂……聽說，你……喜歡我？」

「聽誰說？」

朗恩挑眉，心中已然有底。

「嗯……小精靈說的？」

京雅眨了眨眼，被問得不知所措，只好隨便塘塞一個詞。朗恩聽到卻噗哧一笑，同意這個稱呼的確很適合埃斯珀。

「如果是那個小精靈說錯了呢？」

朗恩故意反問，順道伸出手寵溺地勾住京雅的下巴，強迫京雅直視著他。

霎時間，京雅愣住——他並不覺得朗恩勾住他下巴的舉動有任何寵愛的成分，當下他只認為是自己問了自視甚高的問題，招來朗恩嘲諷的問句。

「喔對啊，應該是我聽錯了……」聽見這句回答的京雅眼神閃動，在心中大罵自己。

京雅啊京雅，你到底在期待什麼？不知道你們之間是什麼關係嗎？幹麻問這種掃興的蠢問題？

「抱歉、我有點醉，不知道自己在說什麼……請當我沒問……」

京雅尷尬一笑，連忙往後坐，與朗恩拉開距離，連帶著肩頭稍稍縮瑟，聲調也低落許多。

不過京雅的任何反應都沒能躲過朗恩的利眼，包括他眼底的困窘以及順閃即逝的失望。他明顯退縮的姿態讓朗恩的胸腔隱隱刺痛。

朗恩大掌扣住京雅的手腕，將他扯回自己的胸膛。

「喂——！」

「噓——」

他把他牢牢地禁錮在自己懷裡，不由分說地吻上那膽怯泛白的雙唇。朗恩肆意吸取京雅的柔軟，在內心自責自己太不可取，開了一個過分的玩笑……

才會讓他露出那樣的眼神。

纏吻了不知多久，終於，朗恩離開京雅濕潤的唇瓣，貼在他耳邊呢喃起愛語。

「看來小精靈說錯了。」

「說錯？」

「是『我愛你』才對。」

朗恩語落，下一秒京雅瞪大雙眼，難以相信地看著眼前噙著笑意的男人。

「別用懷疑的眼神看我，我會受傷的。」

「咦？可是……」就是很懷疑啊。

京雅兩眉緊蹙，擺明就是不信。

朗恩是什麼樣的男人，這幾個月相處下來京雅已充分領教到了。朗恩氣傲自信，也優雅大方，他的一舉一動皆充滿性感的魅力。這樣的男人就算是Gay，他也會選擇更優秀的對象。

兩人的胸膛毫無縫隙地緊貼著，赤裸的肌膚相疊早不是第一次了，怎麼偏偏這次會感到如此羞恥呢？

「可是？」

「可是我並不漂亮……而且……」也沒什麼特色。

京雅怯弱地說出自己的疑慮。

「你很漂亮。頭髮也是、眼睛也是。」

「眼睛……但是，我的眼睛是黑色的喔，是混濁的黑——」

「是像宇宙一樣神祕迷人的顏色。」朗恩強硬地接續京雅的話。

他閱人無數，怎麼會看不出京雅對自己的眼珠感到自卑呢？京雅每天都戴著藍色的隱眼，再三顯示出他多想掩飾自己混血的身分。

他不清楚京雅到底想隱藏什麼樣的過去，但此刻朗恩好想好想告訴他，他的眼珠是那麼深邃動人，令他著迷、沉迷。

「不相信？」朗恩哼聲。

「不是、我……」

對於朗恩的告白，京雅過於驚訝到腦袋斷線，一時間接不上話，甚至懷疑自己其實醉得不輕。

「天……我們能不能讓這個話題過去？你就當作我喝醉了，什麼都沒說好嗎？」

真的，他問了不該問的問題，他好害怕這些都是朗恩一時興起討好的話語。

「不好。」

「咦？」

京雅沒料到朗恩會這樣回答。

「什麼叫讓話題過去？若是你以喝醉為藉口，那這麼認真回答你問題的我算什麼呢？」

「但，我不相信。」京雅惶恐地搖頭。

「那就從現在開始相信。」朗恩霸氣回應，手臂輕柔地環抱住京雅，親吻著他的肩，「京雅，沒有男人禁得起告白被拒絕的。」

朗恩喚著京雅的名，一遍又一遍，使京雅渾身顫抖。

「而且你忘了？你曾經說過你認同我的眼光，你該不會要打臉你自己吧？」

「哪有人這樣說啦。」聽到問題，京雅忍不住笑了。

「有吧？有啦！」朗恩逗弄起京雅，不斷搔他腰窩。

「好了，不要用了。」

「那你相信我了？」

「呃這……」

「猶豫？你居然敢猶豫？」

兩人翻滾嬉鬧，京雅癢得受不了，最後他一個翻身，氣喘吁吁地跨坐在朗恩身上。他雙手握住朗恩的手腕，露出勝利者的姿態：「這樣你就弄不到我了吧？你小看我，好歹我也是個男人。」

「唉……我說你啊……是真的沒發現這個姿勢很不妙嗎？」朗恩無奈地嘆口氣。

「咦？」

朗恩說話的同時，京雅感受到自己的胯下有物體正在膨脹，且逐漸發硬，抵住自己。朗恩輕笑一聲，手臂一轉，反抓住京雅的腕口，將他猛力拉向自己，輕語道：「都說是續集了。」

聞言，京雅整張臉滾燙到不行。

「你第一次臉紅呢。」

朗恩柔聲呢喃著，把自己再度腫脹的性器抵上京雅的後孔。炙熱的接觸讓京雅整個人宛如觸電般跳起來，他倉皇地離開朗恩身上，趕忙翻下床，卻被後者一把箝住腳踝拉了回去。

「我的寶貝京雅，事到如今才知道害羞也太可愛了。」

「夠了！別說了！」

朗恩咬著京雅的耳朵，在他耳畔低喃著更加露骨大膽的情話。

「住口！！」京雅面紅耳赤，慌張地大喊。

天啊！這男人在講什麼可怕的語言，怎麼會……讓人全身無力呢？重點是自己也是男人，怎麼就如此招架不住？

同時朗恩架起京雅的腿，快速將自己的硬物往嫩穴挺進。

「唔啊——！啊、啊！」

粗挺的物體填滿下腹的瞬間，快感令京雅措手不及。他兩眼發暈，性器前端立刻噴出濕漉的愛液，濺灑在小腹上。京雅平坦的腹部上微微隆起朗恩的形狀，後穴口因高潮而不斷收縮。

見狀，朗恩腰桿微微傾斜，好讓自己的形狀更明顯一點，來滿足自己占有的快感。

京雅體內嫩滑的觸感令他貪戀不已，他緩緩抽出再重重壓下，每一次進入都直搗京雅稚嫩脆弱的前列腺。

快感一波波襲來，京雅下身激烈痙攣，隨著慾望攀升，他射出的精液越漸稀薄。直到京雅的紅腫可人的性器再也射不出任何東西，朗恩才滿意地在京雅體內釋放自己滾燙的慾望。

感受到腹部內一陣熱辣，京雅整個人痠軟無力，不斷的高潮讓他腦袋暈眩，早就失去了起身的力氣，只能躺著看著汗流浹背的朗恩，心怦跳著。

「喂……」他疲憊地開口。

「這時應該要叫我名字吧？」

朗恩拉起京雅的手，在他手指印上一吻。

「可以不要拔出來嗎？就這樣抱我好不好？」

「你說了惡魔才會說的話，京雅。」

「拜託……」京雅嗚噎，眼神濕潤朦朧地看著朗恩。

朗恩感受到自己的下體又跳動了一下，但他強忍下來，維持著進入京雅體內的姿勢，從背後抱著京雅，溫柔滿足他的要求。

「你該去清理了，我幫你。」

「不要。」他任性地反抗。

「不行，你會不舒服。」

「那再一下下就好。」

朗恩無奈地嘆了口氣，任由京雅賴著自己。

而背後傳來男人平穩踏實的心跳聲，安心得讓京雅越來越睏。

「你真的該去清理了……」

「再一分鐘。」他耍賴。

他們的結合，讓京雅覺得自己是被朗恩需要的。

與人結合、被人所需的感覺太過美好，京雅多想盡量留住這如幻的感覺，哪怕醒來後發現是夢也罷，此刻他只想沉浸在這份「需要」裡，期盼再多一分鐘也好。

他真的太渴望被需要了。

——喂……小精靈真的說錯了嗎？你是真的……愛我嗎？但不管是不是真的，我想……我是愛你的……

這句話京雅是否有問出來呢？他不得而知。他倒在朗恩懷中，高強度的性愛使血液中的酒精沸騰，睡意完全侵襲了他。

朗恩看著懷中陷入昏迷的京雅，微微長嘆口氣，覺得京雅就像一隻脆弱的小金絲雀。他小心翼翼地退出京雅體內，抱著他到浴室替他清洗身軀。

朗恩手腕力道輕柔，深怕弄醒累翻了的人兒。

蒸氣水霧之間，朗恩著迷般的視線緊緊纏繞在京雅身上，接著朗恩的唇抵住了京雅的額頭，在他的臉頰上落下一連串數不清的細吻。

「我愛你。」

在恍惚之間，京雅彷彿聽到朗恩附在他耳邊，悄聲地訴說著情話。

愛情是什麼時候產生的呢？

如果說得準，那也許就不叫愛情了。

§

隔日，京雅在一陣暖風中睜開眼睛。

柔軟到難以起身的床墊、暖和的暖氣和日照充足的陽光，在在說明了京雅不在自己如樣品屋的家中。

這裡是哪裡？他記得自己昨晚迷迷糊糊地睡著了。

京雅才剛這麼想，立刻被一股濃郁典雅的藿香所包圍，香氣飄散在四周，跟著徐徐暖流呼進京雅的鼻腔中。

這是朗恩的味道。

對喔……昨晚自己被打包回朗恩家了……他接著環視眼前裝潢簡易、色調統一，充滿理性的房間，確定是朗恩的風格無誤。

就在他回想起昨晚發生了什麼的同時，一陣痠痛在全身上下的關節處炸開。

「可惡，那得寸進尺的傢伙……」

京雅疲憊地撐起身，忍不住抱怨著，眼角卻瞥見床頭放著自己昨晚的衣物。

只見外套、T恤、牛仔褲甚至內褲都已清洗乾淨，疊得整整齊齊。京雅知道朗恩身旁除了埃思珀之外，沒有請任何執事或傭人，他私生活的一切都是自己打理。

衣服是誰替他洗燙的，不用想也知道。

京雅低頭看了看自己潔淨的身軀，意識到自己被照顧得很好，心一點一點溫熱起來。

他扭了扭泛痠的身軀，翻身下床，跌跌撞撞地來到浴室，雙腿比預料的還要痠麻，京雅覺得自己要站不住了。

浴室中的大片落地鏡照出京雅此刻的模樣。他眼下因熬夜浮出淡淡的瘀青，歡愛糾結的髮絲、遍布全身的吻痕以及……有些破皮的乳頭，都證明朗恩昨夜的所求有多猛烈。

看著鏡中凌亂的自己，前晚所有的事都一股腦地流回來，印象越來越清晰。

令人癲狂的性愛、朗恩開大絕的情話攻勢，還有最後落在他臉上溫柔的吻……昨夜的每一幕都讓京雅的一顆心浮動不已。

人說愛語能融化女人，殊不知也能融化男人。

冷風刺骨的二月天，沒開暖氣的浴室簡直跟冰庫沒兩樣，但朗恩的情話和告白不斷在京雅腦海中繞轉，搞得他渾身發燙。京雅羞得不敢面對自己，二話不說就立刻扭開水龍頭，把頭壓下去，好讓冷水清醒一下腦子。

京雅啊，京雅，你在幹嘛？你幹嘛意猶未盡啊！他在內心吶喊著。

等到情緒稍微平復下來後，京雅的視線不由得看了看洗手台上的隱形眼鏡……

『你很漂亮，頭髮也是、眼睛也是。你的眼睛是像宇宙一樣神祕迷人的顏色。』

好不容易冷靜了，不料朗恩的話再次竄進耳畔。京雅怔望著鏡中自己的眼睛，緩緩摸上那對黑色的眼珠。

「真的是像宇宙一樣神祕的顏色嗎？」他小聲自言自語。

京雅迅速整理完自己後小心翼翼地走出房間，沒想到映入眼簾的不是冰冷的水泥牆，而是一整片寬闊盎然的綠意。

昨天是晚上回來，所以沒能看清楚，原來朗恩家客廳的對角兩面牆改成了落地玻璃，能完全獨覽中心公園全部的綠意，而這間房對外的視野碰巧沒有任何高樓遮擋，站在窗前俯視出去彷彿君臨天下。

朗恩家的格局簡單，也沒有過多的擺飾，而且一塵不染，就如同入住飯店一樣，只有生活上最低限度的必需品。

京雅簡單參觀了一下後，霍然聽見朗恩的聲音從房門另一頭底部的轉角處傳來，他悄悄走近，發現那是一間開放式書房，但風格與家中簡約的調性相違，是間與辦公室一樣的華麗古典風書房，而朗恩側身對著門口，正在講電話。

他對電話另一頭講著京雅不懂的語言，不過京雅推測應該是北歐語系，而且似乎在談論服裝秀的事。

只見朗恩眉頭深鎖，邊講電話邊扣袖釦，但卻怎麼扣都扣不好，失敗了好幾次。京雅撞見朗恩意外笨拙的模樣覺得好笑，不禁發出噗哧一聲。

此時朗恩發現京雅的到來，他對京雅挑動眉毛並勾了勾手指，示意他來自己身邊。

感覺朗恩並沒有要結束通話的跡象，京雅歪著頭，不明所以地走向書桌旁，直到與朗恩只差一步距離之際，朗恩無預警地扣住京雅的下顎，並快速在他唇上啄下一吻，隨後放開京雅。

這舉動讓京雅瞬間紅了臉，就算周圍沒有人，但一邊與外人通話一邊接吻這種事怎麼想都很害羞。

朗恩看見京雅泛紅的雙頰，嘴角也跟著揚起微笑，隨後對京雅擺擺手，意指隨他任意活動。但京雅沒有離開，反而捧住朗恩的手腕，替他扣上袖釦，接著他拿起放在桌上準備好的領帶，雙手繞過朗恩迷人的頸項，替他打了有質感又知性的亞伯特王子結。

朗恩則微微抬高下巴，享受京雅貼心的服侍。繫好領帶，剛好朗恩通話結束，他伸手圈過京雅的腰，霸道地將他拉向自己。

「醒了？」

「這不是看就知道的事嗎？」

面對京雅的吐槽，朗恩只是寵溺地笑了笑。

「睡得如何？」

「還、還可以……你的床還滿好躺的。」

「你若願意，那也是你的床。」他俯下身，在京雅耳畔低語。

「你、你、你怎麼了？是服裝秀出意外了嗎？」

一早醒來，腦袋尚未清醒，又接到朗恩的情話攻勢，京雅耳根麻得不得了，趕緊別開話題。

「只是發生了點問題。」

「還好吧？」

京雅輕輕伸出手，指尖拂過朗恩微微糾結的眉毛，似乎想撫平他的憂思。

「沒事的。」

感受到懷中人對自己的關心，朗恩內心泛起暖意，不過他沒有多加詳述，而是接著在京雅唇角印上一點又一點如蜻蜓點水般的吻。正當京雅沉醉於其中時，朗恩卻突然推開他。

「不行。」

「怎……怎麼了？」

「再吻下去，打好的領帶又要拆掉了。」

朗恩的情慾發言突如其來，讓京雅不知所措，只能低下頭，以閃躲朗恩似乎會看穿他內心的視線。

見到京雅從臉頰到修長的頸部泛出緋紅，朗恩壞心地調侃道：

「別失望嘛！總會有機會脫下來的。」

「你少在那邊自導自演，我又沒有這樣想！」

京雅出拳，垂了朗恩胸口來掩飾自己的羞怯。嬉鬧之餘，他無意間瞥見朗恩背後的書櫃中一張女人的照片。

瞬間，京雅的注意力全被那張照片奪去。

那張照片約手掌大小，裝在一個橢圓形雕刻精緻的橡木相框裡，擺放在架上的幾個家族照當中。

照片中的女人長髮飄逸，有著完美比例的鵝蛋臉、一對含情脈脈的眼眸、高挺小巧的鼻梁以及豐厚的雙唇。照片特意做了仿舊處理，使女人的身段看起來更加風情萬種。

京雅不自覺移動腳步越過朗恩，來到那相框前面。

「你知道愛麗西亞？」

發現京雅視線的停留點，朗恩好奇地問。愛麗西亞是照片中的女人的名字。

「嗯，我知道。」京雅點頭，「她以前是模特兒。」

「我的天！你真的知道？愛麗西亞以前雖然是圈內出名的模特兒，不過一般大眾對她並不熟悉，你是怎麼知道她的？」

得知京雅居然認得照片中的人，朗恩心中又驚又喜。

「偶然在網路上看過，就留意了一下……不過很可惜，她最後精神異常，遭遇意外過世了。」

朗恩點點頭，帶著一點悲傷地說，「沒錯，跟你說的一樣，很不幸，她在我大學時意外離開了……」

「她是？」

「她是我的啟蒙老師。」朗恩答道。

「呃……你說啟蒙老師？」京雅不解。

「呵，你知道的，我父親那一輩是從事電影業，是到我手裡才開始經營藝人經紀。」

朗恩抽出愛麗西亞的相框，拿在手上細細端看，開始向京雅娓娓介紹自己年幼的過去、家族歷史還有與啟蒙老師的相遇。

朗恩・李，出生在赫赫有名的電影製片商的家庭，也是李家唯一的獨生子。

雖然他成長於電影業大亨的家庭，童年時期，片場就是他的遊樂場，拍攝的服裝、化妝道具都是他的玩具，不過朗恩一直都對家裡的事業沒什麼興趣。父母三番兩次要求他學習一些相關經驗，但朗恩就是對拍電影這件事提不起勁。

直到他遇見愛麗西亞・奧斯汀——也就是照片上的女人。

他初次見到愛麗西亞，是在一場電影試鏡選角的場合中，在當時男性握權的時代，女人鮮少參與選角作業，因此愛麗西亞的出現激出了朗恩的好奇心。

當時的愛麗西亞是在時尚雜誌圈小有名氣的模特兒。可能深知模特兒這行對女人而言並不是長久的事業，愛麗西亞便自己提攜幾位後輩，開始從事演藝仲介的工作，也就是現在經紀人的行業。而愛麗西亞帶領的人，不論是模特兒還是演員都紛紛不負眾望，成為演藝圈裡大勢看好的後起之秀。

那一天，愛麗西亞受邀到朗恩家的片場擔任新片試鏡的主評，然而這次的評選結果，卻與其他導演、製作人大相逕庭。

在女主角的挑選裡，其餘製片人等相關評審都偏好一位比較有經驗的女星，唯有愛麗西亞相中一名在首輪就慘遭淘汰的女孩，愛麗西亞為此在片場與其他導演、製片等人爭執起來。

當時全程在場旁觀，才十三歲的朗恩不知怎麼地竟然跳出來聲援愛麗西亞。他贊同愛麗西亞的判斷，還指責其他人選擇另一位女星是想打穩賺不賠的安全牌，完全沒有考慮那名當選女星的氣質與劇本角色完全不符。

此話一出，可想而知，朗恩被父親狠狠訓斥了一頓。

「你真的那樣跟大人講話？」京雅目瞪口呆地看著朗恩。

「我還被罰一星期不許出門呢。」朗恩自嘲地追加道。

禁足一個星期後重獲自由的他，踏出家門第一個見到的人，就是愛麗西亞。

「她那一天是特地來跟我道歉的，她說她很抱歉害我被禁足。很奇怪對吧？明明就不是她的錯。」

也是以這次會面為契機，開啟了朗恩對影視產業認知全新的一扇窗。

而那位慘遭淘汰的女孩，經由愛麗西亞的介紹在另一部片中擔任女主角，不但一戰成名，之後每部主演電影的票房都屢創佳績。

「那個年代，『經紀人』這個職業還是一個很模糊的輪廓，很多演員還是自己接案比較多，可當時愛麗西亞就已經有專門管理藝人的概念在。現在回想起來，我還是很佩服她的。看人、看事、看物、怎麼挑演員、如何看劇本，該從哪方面切入時局……她真的教會我許多東西。」

朗恩款款而談，眼裡盡是滿滿的懷念，似乎時光倒流一樣。京雅在一旁看著，忍不住道：「看來你真的很喜歡這位老師呢。」

「我很仰慕她。」此刻朗恩笑得真誠，順手拿起桌上的雜誌，擺在愛麗西亞的照片旁，「喏，你看封面，這次我們時裝秀的主場模特兒艾力．奧斯汀是愛麗西亞的兒子，如何？他們很像吧？」

「真的很像。艾力易男易女的氣質很特別，有極高的可塑造性。」京雅微笑著稱讚說。

艾力．奧斯汀的五官完完全全就是愛麗西亞的翻版。

「是吧？艾力是現在我最看好的模特兒之一。」

得知京雅和自己有一樣的看法，朗恩非常高興，他說得神采飛揚，沒有注意到京雅眼中一閃而逝的欣羨眼神。

「雖然他與愛麗西亞長得非常像，但以氣質來說艾力更具立體感，是讓人過目不忘的類型。」京雅誠實地說出自己的看法。

「果然你也覺得！」

封藏於石頭裡的寶玉固然貴重，但是能一眼識出寶玉的伯樂更是稀有難得。自己的愛人能與自己想法一致，世界上再也沒有比這件事更難得的事情了。

朗恩的眼睛閃閃發亮，長臂一伸抱住京雅，他開心極了。

「喔，對了！這個你拿著，我今天沒辦法接你，自己回來小心。」

朗恩說完，從抽屜裡取一張卡片式鑰匙，放進京雅手中。

「給我嗎？回來，這裡？」

獲得鑰匙的京雅心裡七上八下，不敢亂猜朗恩此舉的真意。

「當然，那是你的床了。我會叫埃斯珀把你的衣服都拿來。」朗恩思索片刻後改口，「算了不用了，直接買新的就好了。」

「但是……我搬來你家好嗎？你不會不習慣嗎？你一直以來都獨居不是嗎……」京雅怯生生地問。

「誰說這是家了？」

「咦？」

朗恩的手指緊緊扣住京雅的十指，用性感的眼神凝視著京雅的眼眸，曖昧低語：

「這是囚禁你的籠子。」

「籠——！」

京雅一聽，身體燥熱起來，他迅速想抽開手，卻被朗恩死死扣住，玩味地捕捉京雅所有害羞的表情。

「呵呵呵呵呵呵。」朗恩一邊親吻京雅的臉頰一邊樂笑。

「你笑屁啊！」

京雅發怒，藉機掩飾自己的窘迫。

「呵呵呵呵，好，我不笑。」朗恩由著京雅，轉了話題給他台階，「聽ＫＣ說他們今天有預定要直播對嗎？你準備一下，一起出門吧。」

「嗯，是沒錯啦。不過ＫＣ剛剛傳訊息給我，說他會好好負責這次今晚的直播，叫我安心休息幾天。」京雅誠實回答。

的確，為了把阿卡佩拉組合拱上位，這陣子京雅幾乎跑遍各國電視台和大大小小的錄音室，熬個兩三天沒闔眼是家常便飯了，再加上昨晚臨時被打包的突發事件，還被長時間食用，他確實精疲力盡。

「也好，你確實該好好休息。」

朗恩一邊套上西裝，一邊拉開書架上的一格隱藏式抽屜，裡面整齊地擺放著一排排工藝精緻的胸針及袖釦。他沒有說話，只是努了努下巴，要求京雅替他別上胸針。

「你要哪一種？」

「你選。」

接獲指令，京雅認真地看著一整盤璀璨的胸針，最後挑了一支與朗恩眼睛相襯的橄欖綠寶石胸針，他轉開針帽，小心翼翼地替朗恩別上。

朗恩斜眼瞄了眼窗戶，玻璃上映出京雅專注的樣子，不自覺地露出微笑。

他可愛的京雅，他惹人憐愛的金絲雀。

「你今天的眼睛特別迷人。」

朗恩用厚實的手掌捧起京雅的臉，全神貫注地盯著他。說完，他親吻京雅惹人憐愛的唇瓣，炙熱的舌撩撥柔軟的口腔，貪婪地纏吻著。好不容易從吻中掙脫，最後朗恩依依不捨地親上京雅的眼瞼。

「我有點忙，等我回來，好嗎？」

朗恩不容抗拒的嗓音帶著一絲絲溫柔，聽得京雅腦袋發暈。

「嗯……」

京雅被吻得失焦，只能微微點頭。眼睛的一吻直擊京雅的靈魂深處，他主動張開雙臂，生澀地給朗恩一個暫別的擁抱。

朗恩笑了笑，寵溺地撫摸京雅的臉頰才出門。

出了電梯，走進車庫，朗恩坐入車內，習慣性調整被更動過間距的副駕駛座。突然，京雅昨晚靠在椅背上的影像浮現眼前，接著更多京雅在浴室或床上泫然欲泣的表情一幕幕飄過腦海。朗恩縮回手，放棄調整椅子的念頭。

雖然昨夜京雅是在半夢半醒間含糊地回應他的告白，但從剛才他離情依依的反應來看，朗恩確定京雅一定也對自己抱有好感。而想到京雅送上的擁抱，朗恩迷人的嘴角忍不住上揚好幾度。

留在家的京雅等到電梯顯示為抵達地下室好一會兒，才慢慢地把門關上。

京雅背部抵靠著門板，手顫抖地撫摸著被親吻的眼瞼，一遍又一遍。整顆心狂跳不已，體內的血液逐漸沸騰起來。

原來……他有注意到啊……

今天的京雅並沒有戴隱形眼鏡，而是用最原本的自己面對朗恩。

「像宇宙一樣神祕的顏色……是嗎？」

京雅的臉頰甜膩地麻痺著，嘴裡喃喃覆誦朗恩說過的話，粉紅的臉上泛起一抹笑意。

雖然這段感情並不是從愛情出發，但……是不是可以允許自己，偷偷期待一下呢？

京雅低頭凝視著手上的鑰匙，不禁在內心偷偷盼望。

第七章

所謂沒有期待，就沒有傷害，盼望太多，迎來的終究是失望。

那天朗恩出門後，就再也沒有聯繫過京雅，也沒有回去過那綠意盎然的房子。

這期間，京雅一樣跑活動、安排行程，跟藍視訊對腳本。他的時間一如既往地被藝人們大大小小的通告占滿，從凌晨忙到深夜，幾乎沒有私人的時間。

手機通訊軟體上的通知依舊爆表，但唯獨屬於和朗恩的對話框一點動靜都沒有，連一般成為戀人後，普通早晚噓寒問暖的訊息都不見一次。

見對方毫無音訊，京雅也不敢擅自傳訊打擾，就這樣沒有朗恩的消息，過了漫長的一星期。

今天是星期三，外頭飄著微涼的細雨。

京雅依循慣例，來到那間充滿鐵達尼號風情的辦公室。但出乎意料，今天特別安靜，連埃斯珀也不在，四周昏暗，只有從天花板玻璃灑下的光沒落地映在壁鐘上，寬敞的前廳剩鐘擺前進的滴答聲。

京雅緩緩踏上精緻的木造樓梯，孤單的腳步聲迴盪在寂靜的空間裡。隱約地，京雅想起鐵達尼號中男女主角相遇的片段，那是他人生看的第一部電影，也是殘留在他心中最深刻的故事。

電影中，出身卑微的男主傑克誤入了上流社會的圈子，並結識了他一輩子都無法觸及的愛人，且在最後，為了救心愛的女人而犧牲生命。兩人直到生離死別，終究沒能跨越身分階級的差距。多年後，年老的女人在人生最後的夢中與傑克的靈魂相聚。

小時候的京雅曾經為這淒美的結局而感傷，但故事若搬到現代，現實差距的結局將不是淒美，而是淒涼。他不明白為何接受告白後，恐懼的心情會多過幸福，對於朗恩的告白，他感到甜蜜，卻也感到害怕。

之前的他，完全不在意與朗恩交易的自己是長什麼模樣，反正大家為利而來，總有一天也會為利而散，建立在軀體上的關係何必太認真。

但，一切都在朗恩告白後變了樣子，京雅的心，不再平靜……

越知道朗恩的心意，覺察到內心情感的京雅就越是恐慌與惶恐。

他們身處的世界美人雲集，後浪推前浪的速度之快，京雅自認自己是平庸之姿，他一沒外貌，二沒家世，他拿什麼與朗恩平起平坐？自己憑什麼得到這個人的愛？

而這個站在世界頂端的男人所說的話……又有幾分真實呢？

京雅垂頭看了眼手機，與朗恩的對話框依舊悄無聲息，失落感沒來由地侵蝕著他。

實際上，朗恩沒有聯絡是再正常不過的，並不意味著什麼。因為他們本來就是這種關係，除了星期三下午的會面，他與朗恩之間本來就不存在任何私下聯絡。

這是他們本來的日常。

京雅一面思考著自己與朗恩的關係，一階一階爬上二樓。他推開厚重的門板，進入朗恩的辦公室，壁爐不似平時燃著柴火，室內的空氣冰冷又乾燥。

他猶如往常，靜靜地坐在那張紅色的躺椅上等待。

§

「少爺、少爺！您怎麼了？少爺！」

一聲聲急促的呼喚在京雅頭頂響起，京雅感覺肩膀被劇烈地晃動，睡眼惺忪地睜開眼，就看見埃斯珀正一臉驚慌地看著自己。

「呃……是你啊，埃斯珀，你幹嘛那麼緊張啊？」京雅朦朧地揉了揉眼，好讓視線聚焦。

「我一來就看見您倒在這裡，以為發生什麼事了。」

「啊！我不小心睡著了。」京雅扭轉脖子，緩和僵硬的身子。

「睡著？啊！少爺……難不成……您在這裡等了一天嗎？」埃斯珀戰戰兢兢地問。

「一天？」

京雅歪著頭，不知道是什麼意思。

「已經星期四了。」

「星期四？哦？」

京雅遲疑了一會兒，看了看窗外的景色，心想著原來現在是早上，不是下午啊。

「先生出國了，他沒和您說嗎？」埃斯珀很是詫異，「先生上星期四就出國了。」

「沒有。」京雅搖搖頭，回想了一下朗恩出門的狀況，「……他只說有點忙而已。」

「什麼有點忙，簡直忙翻了。」埃斯珀一聽，兩道眉大打死結，臉色凝重地說：「我們籌畫兩年的時裝秀下週就要開始了，廣告與邀請函全都發出去了。這時間點，卻突然發生一間海外合作的模特兒公司惡性倒閉的事件。」

「什麼？倒閉？那模特兒們不就來不了嗎？」

京雅心中暗忖：原來那天朗恩在電話裡講的是這件事啊！難怪他當時的表情這麼難看。

「人來不了，找人替代就算了，偏偏這次的服裝全是依照預定出演的模特兒們特意訂製的，實在沒時間改，所以先生只能親自出面與倒閉的公司協商。」

「突然要處理這麼棘手的事，你也累了吧，辛苦了。」

京雅拍了拍埃斯珀的手背，露出關心的眼神。

「就是說！發生這樣的事，真的很頭痛啊！我們後勤也忙得不得了，為了先行聯絡瑣事，我才在今天凌晨先趕回來……」

埃斯珀劈哩啪啦地講了一堆，講到一半時突然煞住，他搔搔脖子，不好意思地笑了笑。

「啊！我也真是的，怎麼跟少爺您抱怨起來呢，真是太失禮了。」

「呵呵呵，情緒也是要適當發洩的嘛，一直憋著也不好。不過連你都抱怨了，可見真的是天大的事。」

京雅看見埃斯珀難得的窘樣忍不住發笑，卻冷不防地連續打了噴嚏。埃斯珀見狀，立刻去溫了杯熱牛奶和幾片麥片餅乾給京雅。

京雅接過餅乾和牛奶吃了起來，心裡覺得埃斯珀果然是小精靈。

「少爺，您該不會感冒了？」

將牛奶遞給京雅時，埃斯珀觸到京雅彷彿冰塊的手，讓他十分擔憂。在嚴寒的天氣裡沒有暖氣的情況下睡覺，別說感冒了，連凍傷都有可能。

「我沒事，我沒那麼脆弱。你太愛擔心了，煩惱你的時裝秀比較重要吧。」

「喔，沒錯……我還有秀的事。唉，天啊……」埃斯珀喃喃自語，然後跟京雅提議道，「對了，少爺，不然我以後固定把先生的行程寄給你吧？如果臨時有更改的，我再通知你，這樣就不用白跑了。」

「噯，不用！真的不用！他的行程是他的私事。再說，我跟他本來就不是什麼深刻的關係。」

京雅無所謂地揮揮手，拒絕埃斯珀的提議。

或許是聽出京雅的話中對他與朗恩之間的關係有負面想法，本來還帶著笑意的埃斯珀換上一絲愁容，拉住京雅的手認真地望著他。

「少爺，請不要這樣看待自己。」

「什麼？」

京雅瞇起眼，不了解埃斯珀所言之意。

「請你相信自己是充滿價值的，你要堅信自己值得擁有你所想要的一切。」

埃斯珀眼神堅定地看著眼前說大不大的孩子，說著鼓勵的話語。而京雅似乎截取到埃斯珀語中的安慰，努力回給他一個感激的微笑。

「嗯，好喔，我會努力相信。還有謝謝你的牛奶和餅乾。」

「要不然這樣吧，先生預定是搭今晚的飛機抵達，我先通知一聲，您可以直接在路上跟先生會合。」埃斯珀追加提議。

就在這時，京雅的電話驟然傳來奪命連環震，不斷跳出的對話框狂洗手機版面，京雅連忙低頭一看，螢幕顯示出一個既陌生又熟悉的名字。

一瞬間，京雅怔愣了一下，眼底閃過一絲訝異。

「抱歉埃斯珀，謝謝你的提議。不過我還有事，就不打擾你們家老闆了。」京雅搖了搖手機，表示有事要忙，跟埃斯珀道別後匆忙離開了辦公室。

目送京雅進入電梯，埃斯珀重重嘆了口氣，無奈搖頭：「真是的，出差這麼重要的事，先生怎麼什麼都沒說？我說朗到底在做什麼啊！唉……真令人著急。」

一邊，京雅回到一樓，跨出電梯的同時立即回撥剛才的奪命電話。響不到一聲，對方便迅速接了起來。

『好慢！慢死了！』

京雅還沒開口，一道比普通男性還稍微細潤的嗓音擺著不悅的語氣抱怨道。

「抱歉抱歉，我剛才剛好進電梯嘛。」京雅連聲道歉。

『好吧，這次原諒你，下次記得補償我等你兩分鐘的損失。』電話那頭高傲地說。

「好啦好啦，咖啡好嗎？」

『我要美式咖啡微糖，冰塊只要兩顆。』電話裡的人下令。

「好好好，不過送到你手上時，冰塊都融化了吧？」

『那就在還沒有融化的時候送來啊。』

「好吧，我盡量。你在哪裡？把地址傳給我吧！」

『Don't be late.』

「Yes, sir！」

即便電話裡的人態度不是很友善，但京雅還是洋溢出難得幸福的表情。掛上電話，他照著訊息上的住址，馬不停蹄地前往指定的地點。

§

「您好，不好意思，我是接到通知，臨時來支援的人員。」

京雅正位於一處氣派展示廳的前廳。這裡是國家舉辦大型高峰會議，或是提供國際展覽活動等等的專用場地，也是這次朗恩主辦虛擬時裝秀的主場舞台。

這場時裝秀是業界首次與虛擬實境軟體結合，主打線上體驗身臨其境的觀秀感，同時遠端的觀秀者還能選擇借鏡模特兒視角，體驗親自上台走秀的臨場感。

虛擬時裝秀未開始先轟動，不少名流指定參加，在時尚圈颳起不小的話題。隨著時裝秀的日期逼近，展廳外也格外繁忙，不少工作人員及大型貨櫃進進出出，如火如荼。

「證件。」

聽京雅說明來意，保安人員攤開手掌，用冷淡嚴肅的口吻詢問。

「喔喔，這裡。」

京雅回答，同時拿出護照以驗正身。

只見保安人員一邊與耳麥溝通，一邊來回幾次審慎核查京雅的身分，過了好幾分鐘才終於通過審查。

「等會兒你的手機會收到一個連結，裡面會有你的條碼，之後進出都必須刷條碼才能通行。請注意，條碼是每次隨機生成，無法截圖重複使用。」

放行時，保安人員向京雅講述會場進出的SOP，京雅點頭表示了解，接著他被其他的場內人員引導帶離，在經過一條蜿蜒的內部走道後，京雅被領到一扇白色的門前。

等工作人員離開後，京雅才敲門進入。

「你太慢了，想害我沒辦法彩排嗎？還有冰塊都融化了。」

雅。

室內，一頭金髮如瀑的男人冷著臉坐在梳化台前，他接過咖啡，悻然然地數落風塵趕來的京

「要進來這裡不是容易的事好嗎？艾力。還有你仔細看，冰塊並沒有完全融化，它們還浮在上面，你仔細看！」

京雅嘟著腮幫子俏皮地回嘴，並努力指出浮在咖啡上兩片薄薄的冰塊。

想當然，這場服裝秀成本極高，眾星雲集，連工作人員都要接受層層的安檢關卡才得以進入會場，他一個臨時被叫來的閒雜人等就更別說了。

「好吧！勉強算你過關。」

「耶！你小看我了。話說你叫我來，不會只是要送咖啡而已吧？」

「你以為我吃飽太閒沒事做啊。要不是不得已，我才不會找你呢！」

明明是自己先有求於人，態度卻如此趾高氣昂，這個人——就是艾力．奧斯汀，是這場時裝秀的主場模特兒。

艾力撇了撇嘴，邊啜咖啡邊回覆。

「不過你怎麼突然叫我來？發生什麼事了？」京雅放下背包，好奇地開口問。

「我的化妝師發生一點意外來不了，只好找你幫忙了。快點吧！我再三十分鐘就要彩排了。」

艾力無所謂地聳肩，看不出臉上有任何焦急的情緒。

京雅一聽，立刻折回門邊，鎖上門鎖。

門板發出「喀！」一聲落鎖的聲響後，艾力隨即俐落地脫下自己的衣服，露出潔白的臂膀。一會兒，一個身軀比例完美的男人站在京雅面前。艾力膚滑如凝脂，此刻的他彷彿是浮出水中誕生的維納斯。陰柔的身段中又帶著屬於男人的肌肉曲線，雌雄難辨的魅力實在令人迷醉。

相比艾力顛倒眾生的絕美氣質，他肩胸以下的軀幹卻布滿一塊塊深淺不一，令人觸目驚心的醜陋傷疤。疤痕的狀態各式各樣，有看似燙傷的、被利器劃傷的，遍布背脊與前胸，一塊又一塊……最慘不忍睹的是艾力左胸的乳頭，因傷疤而完全消除，只剩凹凸不平的皮膚。

這些傷疤是模特兒艾力的祕密，是他極力確保隱私的原因。

艾力衣服剛脫下，眼尖的京雅一眼就發現艾力的側腹部有一塊色素沉澱的新傷。他心疼地摸著那塊瘀青，氣得發抖，皮膚因難過而泛起雞皮疙瘩。

「怎麼回事？他踢你？」

「嗯哼。」艾力輕哼一聲。

「不是申請保護令了嗎？我以為他會安分點……」距離上次跟艾力見面已經是一年前，他以為申請保護令後，那個男人就傷不了艾力，但怎麼會……

「區區一個保護令怎麼可能讓他罷手呢？你又不是不認識他。」艾力嘲諷道，他熟練地挽起一頭長髮，用橫夾固定，順道打開行李箱，用腳踢到京雅面前，「不過放心吧，他再也傷不到我了。」

聞言，京雅疑惑地抬頭，一面問一面從行李箱中取出一大疊人工皮膚：「什麼意思？」

「爸爸死掉了。」

「死、死掉了？什麼……時候？」

聽見有人過世，京雅瞬間結巴，他哽著喉嚨壓下內心的驚天駭浪。

「上上週吧。你別擔心，我都處理好了，我安排他葬在媽媽旁邊。我要他們兩個死了，腦漿糊了、都變成兩坨爛泥了仍互相折磨。」

艾力照著鏡子，替自己塗上護唇膏，紫色的眼眸透出事不關己的態度。

艾力輕描淡寫得像是在轉述一個外人的事，冷漠的表情與憎恨的言語完全兜不起來。

「……好突然，怎麼死的？」

「怎麼死的？他就活該啊！他踢了我一腳後遭我反擊，然後被我氣死的吧？誰知道，反正他就是死了。」

「死因醫師沒交代嗎？」京雅接著問。

「嘖，你這麼關心他幹嘛？他又不是你爸。」艾力咂舌，不屑地低叱了一聲。

「但你是我弟弟，總要問一下。」

「我跟你出生差不到一分鐘好嗎？」

「那不然我叫你哥？」

「噁心。你快一點，我要上台了。」艾力催促著。

「好啦，你轉過去，剩背後而已。」京雅沒好氣地回應。

他迅速將人工皮膚剪裁、撕開，仔細為艾力貼上，並刷上遮瑕膏、撲上定妝蜜粉。鎂光燈圍繞的梳妝鏡上，照出京雅與艾力兩人的身影……艾力身版修長高挑，京雅的身型纖瘦略窄；艾力的五官立體深邃，京雅的外貌則明顯偏東洋風情；艾力擁有一對稀有的紫羅蘭眼球，而京雅的眼珠是如墨的黑色。

模樣如此天差地遠的兩人，唯一的共同點，便是同有一頭蓬鬆澄亮的金髮。

一眼看去，誰也不會想到，京雅與艾力是貨真價實同年同月同日生的雙生子。

他們是醫學上極為罕見的案例：同母同胎不同父。

如果母體在排卵期產出兩顆卵子，並在短時間內接受不同男性精子的話，就有機會出現雙胞胎不同父的可能。這樣的案例，醫學紀錄上至今不過十來例。

艾力的父親是建築業界赫赫有名的巨頭之一，至於京雅的父親——不詳。

兩人的母親愛麗西亞直至到跳樓輕生的那一日為止，都沒有說出京雅父親的名字，只能從京雅日漸成熟的容貌推定父親是名亞洲人，其餘一切都是未知。

愛麗西亞生產後，暗地把京雅寄養在英國格拉斯哥的父母家，直到京雅六歲生日那天，祖母禁不住京雅的一再請求，偷偷帶他去遊樂園找愛麗西亞。

祖母本打算帶著孩子在遠處看著就好，誰知京雅思念母親的情緒難以壓抑，一股腦地跑上前相認，兄弟兩人才知道彼此的存在。

當然，艾力的父親也知道了京雅的存在。

不過京雅和艾力終究是同胎的雙生子，很快的，純真的孩子們互相接納了對方。他們一起玩，一起吃飯，連睡覺都要拉著對方的手，兩個生命似乎從此完整。

然而於大人複雜的世界中，哪有無私接納這麼純粹的情感。愛麗西亞出軌的事東窗事發後被離婚，沒多久後在格拉斯哥的老家選擇跳樓，結束年輕的生命。

之後祖父母沒有固定的經濟來源，爭取不了京雅的扶養權，於是京雅被像丟垃圾一樣出養到海外。反觀留下來的艾力日子也沒好到哪裡，他成了父親遷怒的出氣包，從小到大，不管是惡言汙辱還是拳打腳踢，一樣都不少。

所幸，領養京雅的人家不忍他們斷了兄弟情，就此成了陌路，於是每年暑假都會安排京雅與艾力見面，而艾力父親為了維持外界愛子紳士的形象，也沒拒絕養父母的提議。這一年一次的相聚，也成了兩兄弟生命中僅有的安慰。

好不容易把該遮的疤痕全部處理完成，工作人員正巧來通報要艾力準備，十分鐘後上台彩排。

「沒想到你的動作比我的化妝師還快。從明天開始到這次的秀結束，你來幫我！你應該沒事吧？」

艾力說了句算是稱讚的話，他在鏡子前左看右看，似乎很滿意自己的新皮膚。

得到讚美，京雅只是微微一笑。艾力身上的傷痕長什麼樣子，他可比誰都還清楚。

「應該沒問題，但我不確定我工作會不會有突發狀況。」京雅看著手機裡的行事曆思考了一陣子後回答。

「哦？確定是因為工作嗎？還是你的男友不讓你出門？」艾力定下眼，由鏡中看見京雅白淨的臉蛋瞬間染成害臊的嫣紅。

「你、你說什麼呀！什麼男友——」

京雅瘋狂揮舞雙手，極力否認。

「你喔！以為自己瞞得了我？」

艾力伸出食指，懲罰性地戳了一下京雅的額頭。

「你自己看。」

艾力翻了個超級無敵大白眼，拉著京雅站到梳妝鏡前，並拿起髮型鏡擺在京雅的背後。由前後鏡的對照，京雅看見自己的後頸居然印著一點又一點泛紫的紅痕。

「這怎麼回事！」

京雅脫口驚呼，面紅耳赤地立刻按住脖子！

「看吧！只有『男人』才能印在那個位置。」艾力這句話中的男人意有所指，顯然不單指物理層面的解讀。

「可是已經一個星期了，怎麼——呃……」

京雅說到一半突然打住，羞澀得講不下去。

他、他、他竟然帶著這張狂的吻痕，一個星期都這樣走在街上，毫無遮掩！

「一個星期！喔……這占有慾是多強啊？刻意印得這麼深。」艾力露出調皮的笑容調侃道，「怎樣？交往多久啦？」

「交往……我不知道我們的情況算不算交往……但，應該算剛開始……吧？」京雅斷斷續續地回答艾力。說著說著，連自己都懷疑起他與朗恩到底算什麼關係？

雖說朗恩確實有告白，而自己也算點頭了，但隔天朗恩就出國了，至今連一則訊息都沒有，這樣的互動模式算是戀人嗎？還是……

不過，既然自己都得到鑰匙，住進朗恩家了，那……姑且算是在交往吧？

「是喔。剛開始啊？總之不管怎樣，你要努力幸福喔。」

艾力燦爛一笑，大方祝福京雅。只是這份祝福卻讓京雅大為震驚，他睜大眼，不可置信地摸上艾力的額頭。

「艾力，你是哪裡不舒服？感冒？發燒了嗎？」

「幹嘛？」艾力不耐煩地揮開京雅的手。

「不是，你怎麼能這麼平靜？以前你知道我交女朋友都會吵著要看對方的照片，然後逼我分手！」京雅大聲控訴道。

沒錯，以往艾力得知京雅有交往對象時，都是第一時間舉雙手反對，然後哭天喊地以死相逼，鬧著要京雅分手。但這次不僅沒看照片，並在知道對方是男人後居然還送上祝福。

真是太不可思議了！

京雅不禁懷疑這個鬧事的弟弟是不是在整自己。

「真是的，你好好看你自己。」艾力繞到京雅背後，扳住他的頭，強迫京雅看著鏡中的自己。

「我怎麼了？我很好啊。」京雅看著鏡子越看越困惑，不知道艾力想表達什麼。

「你仔細看你的眼睛，你喜歡那個人對吧？」

喜歡那個人——

聽見艾力的問題，京雅腦中頓時閃過朗恩迷人的身影。此時京雅發現，在想起朗恩的霎那，自己眼底似乎透出了如水紋波動般晶透的光彩。

「你今天，沒有戴隱形眼鏡呢！」

就像隕石穿過大氣層、撞擊地表一樣，艾力簡單的一句話，強而有力地穿透京雅築起的層層防備，直直命中他靈魂深處的心房。

曾經因為混血而自卑的他，十分介意將這對黑色的眼球示於人前。然而今天，他竟然完全忘了這回事。

京雅痴痴地盯著鏡中自己的閃動雙眼，一下子說不出話來。

艾力勾起欣慰的微笑，並與鏡裡的京雅對視，慎重說道：「聽好了，**希雅**。關於你的對象，我看的從來都不是他們，我所看的人就只有你。」

「看……我？」

「是的，我一直都只看著你。誰能讓你打從心裡接受真實的自己，他就是最適合你的對象。」

這一刻，京雅雙目模糊了起來。

他從來沒有意識到，原來過去的自己是如此抗拒自己，甚至沒有察覺此刻的自己正一點一滴地學會愛自己。

是朗恩，改變了這一切。

見京雅終於對自己的轉變有所察覺，汨出卸下心牆的淚水，艾力總算放心了。看來那個人，是真真實實地接受他、包容他，並愛著全部的京雅。

「好啦！我該上台了，卸妝我自己可以，明天見嘍。」

「嗯，我明天會來的。」京雅點點頭，與艾力互相擁抱了一下。

送艾力上台彩排後，京雅回到化妝室，忍不住一直盯著鏡子裡自己的眼睛。這時，京雅想起朗恩出門前的一吻，對方唇瓣炙熱的觸感彷彿再次真實地印在自己唇上、眼上……

京雅緩緩撫摸自己深黑如墨的雙眼，忍不住揚起了一絲欣慰的微笑。

§

接下來的幾天，朗恩依舊沒有踏進家中半步。不過聽了艾力一番話，京雅的心情踏實許多。

照埃斯珀主動上報的訊息，朗恩那天晚間回國後，便不停歇地參加各式飯局會議及場地視察，他不是直接在辦公室過夜，就是留宿舉行會議的商務酒店。

而這幾天，京雅仍每天到後台替艾力做彩排上台前的準備。為了配合艾力緊湊的宣傳行程加上自己原有的工作，京雅忙到昏天暗地。

終於，到了眾人引頸期盼的時裝秀當日——

「有沒有人看到我的腮紅刷啊？誰拿走了？」

「奇凡錫的十一號口紅在哪裡？」

「誰啊？不要把插電的電棒捲丟在地上，很危險耶！」

「有沒有人撿到另一隻銀包高？」

化妝間裡，化妝師和髮型師們人仰馬翻，還有幾位等待梳妝的模特兒倚在牆邊偷空補眠。數十位助理正快手快腳地協助其他模特兒們更衣，時裝秀的後台沸沸揚揚。即將正式上秀，所有工作人員無不卯足全力與時間賽跑，協力將最完美的一面呈現在秀台上。

今晚有不少影視名人、貴婦名媛前來觀秀，現場星光熠熠，前廳簡直成了小型的星光大道，大批記者跟粉絲早早就在飯店門口守候，擠得入口水洩不通。

京雅幫艾力處理完皮膚的遮瑕，將後續妝髮造型交給專業的彩妝師後，自己偷了空，開始在秀場內瞎轉參觀起來。

雖然進出片場的經驗京雅可說是多得是，但正式深入秀台這還是第一次，一件件做工奢華的絕美服裝、成批精緻的首飾配件、高價的跟鞋等將後台堆得玲瑯滿目。京雅眼界大開，所有的事物對他來說都相當新鮮。

也算是個實習吧！往後有機會簽下模特兒也不一定。京雅一面想，一面觀察這難得一見高規格的大型時裝秀。他走在通往秀台前廳的走道裡，一路上與手忙腳亂的工作人員擦肩而過。

這時，貴賓們在侍者的帶領下紛紛入席就坐。只見伸展台走道全改成螢幕面板，取代原本單調乏味的木造秀台，懸掛在天頂的鏡頭將捕捉地板的影像變化，結合模特兒們台步的動線，展現出另類編舞的既視感。

不久，秀場內的燈光一滅，台下交談的雜聲也自動消音，賓客的視線不約而同地聚焦在伸展台頂端最後一盞漸弱的紫光燈上。

隨著燈源逐漸轉亮，所有人也為之屏息。

光影交織，光線透過天頂一道道銀雪般的寬絲帶如瀑而下，在管弦擊出一聲強拍旋律後揭開了這場時裝秀的序曲。

U字型伸展台的兩端同時出現了兩位模特兒，定神細看，兩位模特兒居然都是這場秀的主模——艾力．奧斯汀！

正當賓客們驚奇眼前，交頭接耳之際，兩位艾力在伸展台底部交會，剎那間其中一人的身影隨著燈光消散！原來其中一方是科技投放出來的影像！

虛擬與現實難分，如特效般的場景真實於眼前上演，台下眾人一片譁然，接著模特兒們在觀眾的讚嘆聲中相繼出場。別出心裁的開場成功抓住了觀眾挑剔的眼球，幾百隻眼睛如痴如醉地穿梭在那些不同風格的模特兒們身上。

而跟在工作人員後頭偷偷潛入主場的京雅，也看見這令人震撼，似夢非夢、如真似幻的一幕。他站在暗角，看著台上散發自信光彩、美麗的艾力，心裡感慨萬千。艾力一路跌跌撞撞，終於踏上輝煌的舞台了。

不過並非所有人的視線都聚焦在舞台，更有一群人的目光鎖定在離京雅不遠，一個俊秀男人的身上。

只見男人站在秀廳外圍的裝飾牆旁，肩背挺拔、五官輪廓分明，擁有一對性感勾人的蒼綠色雙眸。剪裁合宜的西裝配上暗色系襯衫，搭上健康的小麥色肌膚，透出令人無法抗拒的沉穩魅力。男人左側的髮絲隨性地勾在耳後，露出側頸好看的肌肉紋理。深色的頭髮在場內燈的映照下，微微反射出淺褐色的光彩，使男人增添一絲難以言喻的迷人丰采。

朗恩的四周環繞著幾位女孩，女孩們各個面容姣好，唯美的訂製禮服更突顯出她們凹凸有致的身材。她們看著朗恩的眼睛閃爍著光芒，明顯醉翁之意不在酒。

京雅非常清楚女孩們眼底泛出的迷戀代表什麼意思，他熟悉這種目光……想來自己此刻也是這樣的眼神吧。

怎麼辦？朗恩並不知道他在場內，該主動去打聲招呼嗎？還是裝作不認識呢？

看著朗恩在人群中談笑風生，京雅內心猶豫著是否該主動上前……

「喂！那裡那個誰。」突然一個人高馬大，戴著耳麥的工作人員叫住京雅。

「啊！我嗎？」京雅滿臉問號地比了比自己。

「就是你，去把角落的燈泡換一下。」模樣粗曠的男人命令京雅，並豎起拇指，比向會場牆邊一顆熄滅的裝飾燈泡。

「咦？但是我……」

「快點！你打算被秀導罵嗎？我外面還有事耶！」

男人微壓低聲音怒斥京雅，強行把替換的燈泡塞到京雅手中，之後忙碌離開。

事實上也不能怪男人指使京雅做事，畢竟現在他脖子上就掛著工作人員的牌子。京雅也不是不願幫忙，而是壞掉的燈泡就在朗恩頭頂後面。

這下京雅總算知道朗恩站在那處的用意了。想必是為了遮蔽那個黑點，才一直停留在那裡。

被強迫上工，不得已，京雅只好拉起連衣帽，帶上工具，壓低身子來到朗恩身後。

餘光瞄到有人前來修繕，朗恩只是往前跨了一步讓出空間，並沒有與之對到眼，這讓京雅小小鬆口氣。

總之快換完快閃吧！京雅心底暗想，他快手轉下燈泡的同時，圍繞著朗恩的女孩們嬌嗲的聲音也傳進他耳中。

「朗，我跟你說喔，我換了一間新的沙龍，她們染髮的技術挺不錯的，你快摸摸看我的頭髮。」其中一位女孩說著，興高采烈地拉起朗恩的手往自己的一頭金髮上放。

「嗯，真的染得很不錯呢，真是柔順的頭髮。」

朗恩摸著女孩的秀髮，微笑稱讚著。

原來……他也會誇讚其他人的頭髮啊……

女孩直呼朗恩的名字使京雅很不是滋味，他們的對話更讓京雅透不過氣。頓時間，一股厚重的失落感蒙上心頭。

但是稱讚女孩的頭髮是非常通俗的讚美，京雅只能在心裡安慰自己，努力把失落壓進心底。於是他加快手邊拆裝的作業，想盡快離開。不過他越心急，手越拙，好好的燈泡怎麼樣都栓不進去。

這時，另一個女孩似乎不甘受到冷落，她勾住朗恩的手肘，對其他女孩驕傲宣示：「妳的頭髮再怎麼柔順也是染出來的顏色，不像我的眼睛跟朗一樣，是天生的綠色呢。朗，那你覺得我的眼睛漂亮嗎？」

一聽這個問題，京雅緊張地屏住呼吸，心臟不由自主地緊揪起來。

拜託不要回答！

不要！

求你！

京雅拿著燈泡的手不斷顫抖，在內心吶喊，央求朗恩不要說出那句話——

「是非常美麗神祕的顏色呢。」

朗恩毫不吝惜，對女孩說出讚美。

這句話像子彈一樣擊斃京雅的心臟，他手中的燈泡瞬間掉落。

燈泡砸在地上發出不小的聲響，同時他的心……也碎了一地。

原來——那些話語對朗恩來說都不算什麼，那些話對他而言，不過是通用的社交辭令而已。

原來如此啊！

那些話，並不是他專屬的言語。

「喂！你這個人怎麼這麼粗心啊？還不快清走，我不小心踩到怎麼辦？這雙鞋很貴耶！」其中一個女孩嬌聲斥責道。

「不、不好意思……」

此時京雅全身顫抖，聲音模糊地道歉。不顧自己沒任何防護，直接赤手抓起地上的燈泡碎片，鋒利的玻璃碎片扎進他的掌心，刮得他鮮血直流，但還好他背對著朗恩，否則他真不知道自己該如何面對這個男人。

現在的他只想盡快收拾好這一切，立刻逃走。他大力吸吐，調整呼吸，在心中向自己喊話：京雅，你不能哭，這不是預料中的事嗎？所以你不能哭。

真的不能哭。

京雅緊緊咬住牙關，忍著流淚的衝動，就在他整頓好起身時，殊不知江成允的出現意外暴露了他的身分。

「嗳！是小京耶！小京——」

江成允遠遠看見蹲在地上的京雅，開心地大喊。他與辜詠夏也是今晚時裝秀的座上賓，江成允看見朗恩被鶯鶯燕燕包圍，本想上前調侃幾句，沒想到會正巧看見京雅。

他揮手開心地跟京雅打招呼，聲音卻在途中停頓了下來……

只見京雅的帽子壓得很低很低，遮住了他三分之二的臉龐，卻沒隱藏住他不斷下滑的淚水，他的手也因被碎片割傷，不斷冒出鮮紅的血液。

血與淚，汙染了京雅純白的T恤。

「小京，你怎麼了？」看見京雅狼狽的模樣，不知怎麼一回事的江成允焦急詢問。

聽見有人呼喚自己，京雅抬眼，看見江成允驚慌擔憂的表情，他一時沒忍住，奔過去靠在江成允懷裡哽咽起來。

「小成哥……」此刻的他急切地需要一個庇護所。

「怎麼流血了？很痛？」

很痛？

對，他確實很痛。

手很痛、全身痛、心更痛。

痛得難以站立，京雅覺得自己快支撐不住了！

眼看京雅狀況不對，江成允趕忙伸手抱住他。這時連衣帽脫落，露出京雅一頭澄秀的金髮，以及後頸上殘存的落紅。

同一時間，朗恩也聽見江成允的聲音，順著音源看過去，他立刻認出手掌染血，投靠在江成允懷抱中的人是京雅。

「是京雅嗎?京——」

朗恩正跨步上前，卻被女孩們硬生生攔下。

「朗，你要去哪裡？」

「就是啊，朗。秀快結束了，你等等不是要帶我們認識設計師嗎？」另一位女孩也嘟著桃紅的嘴質問。

「呃……這……小姐們，能否容許我失陪幾分鐘呢？」

朗恩禮貌地詢問。只是他徵求女士們同意的舉止，卻再次刺痛了京雅脆弱的心。

他從來就不知道……原來那個人要走到自己身邊是需要別人同意的……

此刻朗恩充滿磁性的嗓音，成了沖垮京雅心中最後一道堤防的洪流。

他再也待不下去了，一秒都沒辦法。

「小、小成哥……帶我回家好不好……拜託你，拜託……」京雅靠在江成允肩上，用微弱顫抖的聲音哀求著，潰堤的淚水浸濕了江成允的衣服。

江成允一時也亂了，他從沒看過京雅這般無助的模樣，就連京雅從事獨立經紀，遭受排擠、打壓相當嚴重的時候也沒看過京雅流過淚，然而……是誰讓這個堅強韌性的孩子流下令人心痛的淚水呢？

他冷臉看了一眼京雅背後，卡在一堆名媛中進退兩難的朗恩，他沒給任何解釋，隨即攙扶著不斷發抖的京雅離開秀場。

而朗恩被團團圍住動彈不得，只能眼睜睜地望著京雅纖瘦的身影漸漸消失在人群之中。

第八章

和宰詠夏簡單聯絡之後，江成允立刻送京雅到最近的急診室處理傷口。

燈泡內存有元素汞的物質，光吸入就有可能過敏，更何況扎了滿手。連醫生替京雅清理卡在掌中碎片的時候，也一而再，再而三地告誡下次務必小心謹慎。

只是京雅就像一個沒了靈魂的木偶，呆滯地坐在診療椅上，眼神空洞。連護理師用鹽水沖洗傷口與縫合的疼痛，都沒讓京雅皺一下眉。

京雅的眼淚彷彿在那一瞬間流乾似的。

「好了，縫合完了。小心手掌傷口，盡量別碰水。」

醫生叮囑著剪斷縫線，終於大功告成，接著由護理師幫忙後續包紮，而京雅依舊沒有表情。

「謝謝醫生，除了小心水，不知道我們還有什麼該注意的嗎？」江成允向醫生有禮地點頭詢問。

「這個嘛……因為病人已經起了過敏反應，等等會先幫他打止癢針。值得留意的是他可能會有發燒的症狀。」

「發燒嗎？」江成允疑惑。

道。

「對，是吸入汞蒸氣的症狀之一，如果高燒持續一天不退，請再帶他回來。」醫生好意提醒

「我明白了，謝謝醫生。」

江成允點頭致意，等他帶京雅離開醫院，回到翡蔭大道的家時，辜詠夏已經在客廳等了。一聽見門外的鑰匙轉動，辜詠夏立刻從沙發上跳起來，趕到門口迎接，使江成允大感意外。

「你怎麼回來了？秀還沒結束吧？」江成允問。

「知道你們要去醫院，誰還有心情看秀啊？」辜詠夏看著倚在江成允身旁臉色蒼白、看起來十分虛弱的京雅，露出憂心的表情。

他從來沒見過京雅這副樣子……眼神渙散到靈魂彷彿隨時會消失似的……

「他還好嗎？」

「醫生說小京也許會有發燒症狀，我看已經有一點了，你把客房整理一下吧！」江成允嘆了一口氣。

他當然知道辜詠夏問的不是物理上的好不好，但此刻他也只能這樣回覆。

深夜，京雅果然開始發高燒冒冷汗，意識彌留，甚至囈語不斷。

「他真的還好嗎？不用再回醫院嗎？」

辜詠夏在一旁焦急地來回踱步。

「只好先觀察看看了，醫生叫我們回來，我們也只好回來。這裡又不是台灣，就算現在送回

醫院也只是被擺著。」

「話是沒錯，不過小京他……怎麼突然、突然變成這樣？」

「是吧？你也沒看過他這樣對吧？」江成允乾笑一聲，「只能說我們的小京也開始嘗到愛情酸苦的滋味了啊……」

「愛情！誰？跟誰？」

辛詠夏瞬間瞪大雙眼，一臉震驚。

「你說呢？」

江成允沒好氣地反問，過了幾秒，辛詠夏才後知後覺地啊了一聲。

雖說不曾公開過，但京雅與朗恩的關係在公司幾乎人盡皆知。

江成允看著後知後覺的戀人無奈地搖頭，然後視線又轉回京雅身上，臉上表情越來越鐵青。

江成允終歸在演藝界闖蕩多年，形形色色的人看多了，各種奇葩的場合也遇過不少，當下京雅與朗恩的樣子，還有周圍飢渴的女孩們，這種組合根本等於修羅場。

即便不知道他與朗恩之間究竟發生了什麼事，可看京雅如此失魂的反應，可見打擊不小。縱使京雅年輕，怎麼說也是在多風多浪的演藝圈打滾過的人，不至於會為了吃醋這點小事就把自己弄成這副模樣。

究竟發生什麼事了……

正當江成允百思不得其解的時候，京雅的手機響了。

§

——在深如地淵的黑暗中，京雅發現自己正坐在一個簡易的鞦韆上，不明所以地隨著鞦韆擺盪著。鞦韆越盪越高，周圍的景色開始蛻變，從完全的黑暗中漸漸明亮起來。

京雅微微意識到，自己正在作夢。

眼前的景物逐一清晰，鞦韆扎在山丘坡旁的一棵老橡樹上，橡樹旁有祖母精心種植的薄荷草和迷迭香，他發現自己正身處於格拉斯哥的祖父母家。

京雅盪在鞦韆上，享受著夢裡虛幻又真實，混著草香的微風。他很想念祖父母家，很想念與他們一起共度的溫暖時光。

他曾經在這裡有過一段恬靜的歲月，直到——他與媽媽相認那日為止。

與媽媽在遊樂園相見之後沒多久，媽媽就回到了格拉斯哥，不過她足不出戶，大多時間都把自己鎖在房間裡。每每京雅想和媽媽搭話，媽媽黯然傷神的臉龐總讓他不知該如何開口才好。他很喜歡媽媽，卻不知該如何與媽媽相處。

京雅很想她，因此每當京雅想見媽媽時，他總會爬上鞦韆，把自己盪得高高的，這樣不但可以俯視院子滿滿美麗的花，還可以稍微看見三樓媽媽的房間。他總會在盪到最高點時拚命伸長脖子，努力往媽媽房裡看去，並猜測媽媽現在做什麼。

有時媽媽會唱歌，有時會看書、寫些信，但更多時候媽媽總是一動也不動地坐在梳妝台的鏡子前。

媽媽很漂亮啊，當然要常照鏡子嘛。

天真的京雅總是這麼認為。

即便媽媽不怎麼與自己說話，但能與媽媽住在同一個屋簷下，對當時的京雅而言已經就像進入天堂般美好。

享受著涼風，沉浸在幼時恬靜夢境的京雅直到看見媽媽起身，打開窗戶的那一刻才驚恐地察覺到——他正在夢見自己人生中最黑暗的一日。

只見媽媽推開優美的圓弧拱窗，將半身探了出來。

京雅一邊尖叫，一邊拚死遮住自己的雙眼，卻徒勞無功，無論他眼睛閉得多緊，畫面依舊橫衝直撞地闖進腦海。

隨著鞦韆的盪起盪落……他的母親愛麗西亞，在他眼前從窗戶一躍而下。

墜樓了。

一時間尖叫聲四起。

京雅痛徹心扉，從模糊的淚水中猛然驚醒，他緩緩地坐起來，蜷縮在床角。

三樓不算太高，但由於愛麗西亞是腦部墜地，傷勢嚴重，來不及到醫院便在途中永遠停止了呼吸。

此後，艾力的父親強制禁止京雅與艾力有任何聯絡，連帶拒絕京雅參與母親的葬禮，京雅甚至在毫無準備的情況下被到送到遙遠未知的異國，人生從此再和這片美麗的河口都市沒有任何關係。

在京雅出養到國外，即將登機之前，小小的京雅鼓足勇氣，向艾力的父親詢問自己為何不能繼續留下的理由。

『因為你是代表背叛的髒東西。』

——而這是他所得到的答案。

艾力的爸爸亞伯完整地告訴京雅不要他的理由。真真實實、一字不漏地告訴他，話語中沒帶一絲對孩子的憐憫與保留。

於是八歲的京雅接受了，本來對大人世界懵懂的他，於這一刻一夕長大。

京雅接受了自己被丟棄的理由，然後他立誓，立誓不要像媽媽一樣，變成為了目標，不惜出賣身心的人。

可他明明立誓了，卻還是成為了像母親那樣的人。他終究為了機會，選擇賤賣自己的身軀，並僥倖貪求在這場虛偽骯髒的肉體交易中，有一絲真心的奇蹟。

京雅的眼眶溢出淚水，他顫抖地抱緊膝蓋，將頭埋了進去。就算周圍沒有人，他也不想曝露自己此刻的狼狽……

門扉咿呀一聲被推開，拿水進來的艾力一見到京雅醒來，立刻心急如焚地撲到床前。

「你醒了！有沒有哪裡不舒服？」

「艾……你……你怎麼在這裡？」

看著眼前模糊的人影，京雅用幾乎聽不見，極其虛弱的聲音問道。

「秀結束後你一直沒回來拿包包，我打電話給你，結果是江成允接的，我才知道你受傷了。」

艾力解釋著。

「這樣啊……」

京雅微微點頭，低頭凝視自己被裹成木乃伊的手。

朗恩稱讚那些女孩的言語似乎又浮現耳際，鼻喉深處不由得泛起一波酸楚。

「坐好，我看你還有沒有在燒。」艾力說著，把額頭抵靠在京雅的額頭上。

感受到親人溫暖關心的體溫，京雅緩緩閉上眼，用毫無波瀾的語調氣虛說道：「艾力……我剛剛做了一個夢……一個有關媽媽，一個我不想回憶的夢。」

「夢！你還好嗎？」

聽到這番話，艾力先是一愣，然後大力抱住京雅。他手掌不斷順著京雅發抖的背脊，希望多少能平復他的心緒，不過他手心感受到的卻是京雅越來越涼的體溫。

「這麼多年來，我一直以為我被丟掉了，殊不知真相是……真相是我從來就不被需要過……是我誤會了。」京雅倚靠在艾力的臂彎中，傷心的淚珠順著蒼白的臉頰蜿蜒而下。

京雅的心就像一座骨架生鏽的鐵塔，遭母親拒絕的失望、被丟棄的絕望，都讓京雅經歷風霜的心靈之塔搖搖欲墜。

但是弟弟艾力的支持、養父母無私的關愛、演藝界前輩的包容等等，這些像一顆顆嶄新的螺絲，幫助京雅支撐住心塔。他的一生到此不算長，但京雅認為就算心塔斑駁不堪，他依舊可以靠著周圍關心、愛護他的人給予的溫暖走下去。

即便自己的人生開局有些缺憾，但是他仍可以靠著自己的力量，讓此生過得不遺憾。只要他成為被人需要的人，是否也可以在他人心中留下一點什麼呢？京雅總是這麼想。

但，殊不知……

「你在鬼扯什麼？你腦子燒壞了是不是？幹嘛講這種話？」

京雅喪氣的言論讓艾力無比激動，怒氣拔高他的音量，越講火越大。

「他、他明明說我頭髮很漂亮、眼睛也很漂亮，我以為他是需要我的，但其實他跟每個人都會說一樣的話……我一點都不特別……」

這一刻，京雅語無倫次，淚眼婆娑地訴說著，最終嚎啕大哭，彷彿要把多年來累積的委屈全部宣洩出來似的。

此時，拿著退熱貼返回房間的江成允默默站在房外。他本想進去，卻被京雅嘶聲的哭喊阻斷了腳步。

他明白這無力的哭喊代表著什麼，曾經他也和現在的京雅一樣，那般撕心裂肺地痛哭過……

聽著京雅斷斷續續的哽咽，無奈的江成允只能沉默地在門口等候。

「是我誤會了，那個瞬間我以為我又被丟掉了……」京雅哭著繼續說，「但其實沒有，因為他從來都不需要我……」

對，朗恩並不需要他。

自己對他來說不必要，也不特別。

縱使內心斑駁的心塔無法修復，大家溫暖的力量也可以一直支撐著他。京雅是如此想著，卻忽略了所謂的「塔」，是修築在「土地」上的。而朗恩對女孩們的讚美就像是一場旱災風暴，殘酷的高溫瞬間風化了京雅的心田……

心塔隨著沙化的心田塌毀，在京雅的心中崩出一個深淵大洞。

「媽的！到底哪個混帳對你說這種中二不負責任的爛話？我去斃了他，可惡。」

艾力擁抱著京雅，雙手溫柔地安撫他的背，心中咬牙切齒，暗忖要將這傢伙千刀萬剮。他原先還覺得這個人能讓京雅忘卻自己的出身，應該是個好傢伙，沒想到！

京雅將下巴靠在艾力肩上，感受著弟弟的溫暖，同時也瞥見他衣領下的背脊，先前細心貼好的人工皮剝落，露出讓人不忍直視的肌膚。

京雅看著那片怵目驚心的傷痕，眼淚又忍不住潰堤。

要是媽媽只生下艾力，那艾力今天應該是個集萬千寵愛於一身的孩子吧？

這樣艾力的爸爸就不會拿艾力來洩恨了，媽媽也不會因為受不了折磨而選擇輕生。

「對不起啊艾力，對不起……媽媽若沒有生下我，那你的人生應該會截然不同吧？爸爸也不會打你了吧？對不起啊……」

京雅哭著道歉。這麼多年，他以為自己早已走出來，沒想到其實一直沒撥開那層矇在他面前的迷霧。

視線又被淚水打糊，京雅眼前浮出朗恩的臉龐……

……還有他擁抱自己的樣子。

就算有肉體關係，他與朗恩依舊不是戀人。到底要肌膚相疊幾次，他們的靈魂才能靠近一點呢？

這些朗恩不在的日子，每當他獨自一人在那寬闊、充滿綠意的房子裡醒來，每當他從朗恩的味道中甦醒，京雅便偷偷盼望一次。然而他明白了，他們的關係是如此不堪一擊，果然不奢望才是正確的。

有些東西一開始就不屬於自己。

京雅覺得自己好不要臉，為什麼要放任自己……奢望著那份不可能的愛情？

他黑色的眼球象徵著背叛，他是母親背叛婚姻降生的產物，怎麼還能盼望有人愛他呢？

人生這場通告，所有的演員都是對的，只有他錯了。

他本就是不被需要的。

京雅痛哭呢喃著，最後像是把僅存的能量消耗完一樣，說著說著又漸漸昏沉睡去。

艾力看著眼角掛著淚珠的京雅，心中怒意頓時飆升到最高點。

自從媽媽離開後，曾經，他恨死了京雅。爸爸對他拳腳相向的畫面歷歷在目，他唯一的哥哥，又是他最怨懟的人。要是京雅沒有突然出現，就不會有他現在一身的傷痕。

不過，跟隨父親生活越久艾力看得越清，事實上不管京雅有沒有出現，他的人生都不會有太大的改變。

媽媽不愛他，媽媽只在乎有識人才能的朗恩。爸爸也不愛他，爸爸只愛印有「我們信仰上帝」字樣的鈔票。那兩個人為利益結合，從來就沒有真正期盼過孩子的到來。他們只是需要一樁婚姻的外殼和一個孩子當作擺飾，來妝點他們在外人面前美滿的假象罷了。

倘若京雅沒有出現……那這世界上，還會有真的愛他的人嗎？

恐怕不會有吧。

十四年來，他們兄弟縱使分隔兩地自立生活，孤獨受創的心靈仍然相靠相依。京雅從未因這樣的命運在他面前流過淚，然而今日京雅卻哭了，還哭得這麼慘……

艾力心頭一沉，他輕輕將京雅沉甸甸的身軀放回床榻上，兩手拳頭握得死緊，火冒三丈地走出房間，撞上早等在門外的江成允。

「你偷聽？」艾力瞇眼冷冷地問。

「門並沒有關好嗎。」江成允回答，並示出手中的退熱貼，表明原本的來意。

「呿！」艾力咂舌一聲，「那請問一下，你應該知道讓他哭的那個混帳中二是誰吧？能否告訴我呢？」

艾力轉頭對江成允展現一抹優雅的微笑，笑意裡卻含著不寒而慄的殺意。

§

結合虛擬幻境的時裝秀空前盛況，世界名牌大廠、名媛藝人共襄盛舉，秀展成功謝幕。等賓客散盡，埃斯珀送朗恩回家時已經是深夜了。

「先生，等等要扶您上去嗎？」埃斯珀擔心地瞅了眼後照鏡中，因酒意躺在後座小憩的朗恩。

「不用了，我能自己上去。」

朗恩微露疲態，朝前座擺了擺手。

今夜他一整晚穿梭在不同的人際圈，看來是喝得有點多，雖然頭痛欲裂，但他還沒醉到需要人攙扶的狀態。

車子又行進了一會兒，朗恩從西裝暗袋掏出手機，時間顯示已經凌晨兩點，接著他點選通訊錄上京雅的名字。碧綠的眼珠凝視著京雅頭像的照片，手指懸空，停在鍵盤前好一會兒，最後朗恩什麼訊息也沒發，他按掉螢幕，將手機放回暗袋中。

算了，回家再說吧。

也不知是否是這兩個星期來完全沒看到京雅的關係，朗恩心情有些低落。他撐起厚重的上半身，沉重地長嘆了口氣。

也許是在秀展前接連遇上模特兒公司倒閉、器材調度延遲等突發事件，稍有差池就可能導致秀展開天窗的壓力過於緊繃，朗恩久違地感到精神疲憊。不過一想到今夜便能好好地擁著京雅入睡，朗恩滿身的勞累頓時一掃而空。

不知不覺間，朗恩腦中全是京雅的臉。不過才分開十幾天，他怎麼覺得好像過了好幾個月這麼久？

想起京雅，他不自覺想到今天在會場時燈泡破掉的小插曲。雖然當下他很想上前確認京雅的傷勢……不過礙於那時他被團團圍住，並未能及時上前查看。

他的傷還好嗎？怎麼一則訊息都沒有呢？

江成允應該會照顧好他吧？他有平安到家嗎？他有好好開暖氣嗎？他睡了嗎？

他會……等自己回去嗎？

車窗外濃霧蘢罩，夜色看起來陰森昏沉。今晚零下十五度，朗恩越來越擔心京雅。

經過一陣思索，朗恩抽出手機，再次點開與京雅的對話框，但他只是凝視著頭像上京雅的笑臉，幾分鐘過去了，他仍是一個字都沒發……

罷了，反正再過一下就到家了，屆時所有疑問便都會有答案。

他抿了抿唇，又將手機放回口袋。

而坐在前座的埃斯珀藉著後照鏡，將朗恩反反覆覆焦慮的表情全看在眼裡。

幾分鐘後，車子駛進中心公園的範圍，日間繁華喧鬧的街道此時鴉雀無聲，偶有幾隻流浪狗的吠叫。

朗恩在飄著小雨、凜冽的空氣中跟埃斯珀道別，刷卡進入家中時，他以為自己冰涼的身體會立刻被暖呼呼的暖氣包圍，殊不知包圍他的是與室外一樣刺骨的寒冷……以及無限的寂靜。

是睡了嗎？

朗恩提著氣，輕手輕腳地來到臥房。

然而房內一片漆黑，沒有思念之人平穩的呼吸聲……

——他的金絲雀並不在籠內。

§

「京雅在你那裡對吧？」

朗恩嚴厲質問電話裡的人，手指急促地敲擊桌面，此刻的他失去了平時的沉著與冷靜。

『小京不在我這裡，真的。』

宰詠夏在電話的另一頭一臉委屈。

「不管他現在有沒有在你那裡，告訴我他在哪裡？」

『跟他說不知道——！』

此時江成允的怒吼從外圈殺進來，完全是此地無銀三百兩，他一把搶過電話飆罵道，『喂喂喂！不好意思這位先生，您似乎撥錯電話了吧？要找京雅，您打他手機不就好了？怎麼會問我們呢？』

聽見江成允的回應，朗恩本就焦慮的心情更加煩躁，忍不住咂舌。

昨天時裝秀結束，他到家後發現京雅不在，朗恩本以為京雅可能是被江成允接回去，直接在他們家過夜了，因此也沒太介意，畢竟隔天是星期三，照例他們會在公司見面。然而星期三到來，也就是今天，直至日落時分——京雅都沒有出現。

時間進入晚上八點，朗恩終於等不住了，他聯絡一圈京雅負責的藝人，不僅沒有人知道他在哪裡，京雅也未主動聯絡任何人。這使朗恩憂心不已，他吩咐埃斯珀持續撥京雅的電話，誰知就在一分鐘前，京雅的電話從未接轉成了關機。

關機。

這明顯躲避的舉動已經碰到了朗恩耐心的底線。他終於按捺不住，讓埃斯珀撥通了辛詠夏的電話，想詢問京雅的下落。

「江先生，如果我聯絡得到他，現在也不用問你了。總之京雅在你們那裡，對吧？我現在去接他。」

朗恩忍著不悅的情緒向江成允解釋，就在準備掛上電話的前一秒，江成允異常嚴肅的聲音從電話另一端傳來，使朗恩遲疑了一下。

『朗恩先生，您真的有打電話給京雅嗎？』

「他若有接電話，我現在不需要多此一舉。」

被質疑的感覺令人不快，朗恩微慍地瞇起眼冷冷回答。

『依我看，您並沒有打電話給京雅吧？』

「什麼意思？」

『您沒有打給京雅。打電話給京雅的，是您的祕書，包括現在這通電話也一樣，是由您的祕書打來，確定接通之後才轉給您的。』江成允悠悠地說，『您真的有打給京雅找過他嗎？用您自己的電話。』

「這……」

這是第一次，朗恩被問到語塞。

他無言以對。

『您並沒有自己找過他。』電話中的江成允一針見血地拋出這句話，並意有所指繼續道：『朗恩先生，您是個經營者，難道藝人簽了約，您就不管後續了嗎?我實話實說了，京雅確實不在我們這裡，但如果是您找他的話，我會告訴您他在哪裡。』

江成允特別強調您這個字，說完就不留情面地率先掛上電話。

短暫的安靜後，座機上傳來嘟嘟嘟的聲音，朗恩被動結束了通話。他緩緩嘆了一大口氣，雖然毫無波瀾的表情看不出情緒，但他整個人散發出煩躁的氣息。

「先生，雖然不知道少爺發生了什麼事，我看我們等會兒再跟江先生聯絡一次吧……」一旁的埃斯珀見老闆被訓話，為顧及朗恩的心情，只能謹慎詢問。

「不必了，我們自己找。去把昨天京雅的出場時間調出來。」朗恩冷言說道。

他揉了揉眉心，以此舒緩體內越發煩悶的感覺。

「是，請您稍等。」埃斯珀點頭撤出辦公室。

沒錯，依江成允剛才的氣勢和話語，朗恩確信昨天京雅是和江成允一起離開的，錯不了。姑且不論他是怎麼進場的，反正時裝秀進出採實名制登入，只要知道京雅出場的時間，比照監控畫面，再追尋他當晚乘車的路線軌跡，他就不相信自己找不到京雅。

朗恩在心中盤算著，不料結果卻在他預想之外。

幾分鐘後經埃斯珀回報，當晚的進出系統中沒有任何一個叫「京雅」的人出入。

「你說什麼？沒有？」朗恩乍聽，驚訝地擰眉，露出無法置信的表情，「申請進出條碼不是會核對護照嗎？」

朗恩邊說邊憶起之前京雅遭遇性侵未遂的事件。當時，做筆錄時他看過京雅的護照，京雅就叫京雅沒錯。

「這點我也非常困惑，所以剛剛向昨晚的安檢公司求證了，系統顯示所有登記的工作人員與賓客沒有例外，都是核對身分後進入的。」埃斯珀如實答道。

「那就不可能啊……」朗恩喃喃自語，轉頭問埃斯珀，「是你讓他進來的？」

埃斯珀搖頭否認：「少爺從未跟我提過他想觀秀的事情。」

「是嗎？」

莫非與江成允在一起的人不是京雅？但那個人後頸上的吻痕……

朗恩盡力回想著昨夜的情況，看來只能退而求其次了。

「江成允，我要江成允進出前後五分鐘的出入紀錄，還有監控畫面。」朗恩再次下令。

半個小時後，調出來的監視畫面中顯示，江成允昨晚是與宰詠夏一同進場，不過與他一起離場的則是昨晚的工作人員，監視畫面捕捉到那個人的正面，確實是京雅沒錯。

然而看見影像中的京雅，朗恩瞬間無語，心臟差點停止。

京雅……

他手的傷勢似乎滿嚴重的，而且他哭了，哭得如此慘絕，莫非是傷勢很嚴重？

所以沒回家是因為住院？

朗恩不禁擔憂起來，體內難受得彷彿臟腑全揪在一起似的。

「他是用什麼身分進出的？」

「嗯……少爺刷的是英國籍的護照，用的是一個叫『希雅．奧斯汀』的名字。」埃斯珀看著監控畫面，對照著進出紀錄說。

「希雅．奧斯汀？英國籍？」

聽見埃斯珀的話，朗恩眼珠一轉，腦中突然閃現幾個荒唐的念頭——混血。

金髮。

英國籍。

年幼時住在格拉斯哥。

英文帶有地方腔調。

剎那間，所有的細節都串在一起。

「埃斯珀，快，幫我查昨晚姓奧斯汀的有哪些人！」朗恩激動地問。

「還有我——！你這混帳中二——！！」

說時遲那時快，一道黑影忽然閃現在朗恩眼前，接著一計重拳直朝他鼻梁揍去。事發突然，連埃斯珀也措手不及。朗恩雖機警躲開，但仍被擊中臉頰，連人帶椅重重往後摔。

「你這囂張的傢伙，看我不踹死你，我踹死你！！」

見朗恩跌在地上，人影囂張地翻過桌面，瘋狂朝朗恩身上踢踹，不僅如此還肘擊傷到了前來制止的埃斯珀。

一時間場面混亂火爆，直到奈傑爾氣喘吁吁地趕來，與埃斯珀合力把瘋狂的人架開。

「住手，艾力！」

奈傑爾從背後環抱住艾力，大聲制止他失控的行為。

重摔的朗恩狼狽地爬起，至此才看清攻擊他的是昨晚秀場的模特兒，艾力．奧斯汀。

「放手，放開我——」

艾力放聲咆哮，大力扭動身軀掙扎，急著擺脫箝制。

「你、你們怎麼能搭電梯！」

朗恩摀著臉，對眼前大感錯愕。看見奈傑爾與艾力的組合他並不意外，卻對艾力的舉止無比困惑。

「老子我爬了三十樓上來的！！」艾力發吼，且力氣極大。

他扭轉手臂，掙脫奈傑爾和埃斯珀的箝制，衝上前猛力抓住朗恩的衣領，狠瞪著說，「你以為你算哪根蔥？啊？你憑什麼對他說那種話？我警告你，希雅要是再因為你掉一滴眼淚，我一定會放火燒你家，然後炸掉這棟大樓！！」

艾力目露凶光，惡狠狠地放話威脅朗恩。

基於艾力的話，朗恩確定系統中的希雅．奧斯汀就是京雅本人沒錯了。

「艾力你不要這樣，有話好好說。」

就在艾力越發不受控制時，奈傑爾趕忙站到中間，勸戒盛怒的艾力。

「對這種到處留情的爛人有什麼好說的？你別想替他開脫！」艾力不屑怒斥。

「我到處留情？請問你這話什麼意思？京雅為什麼為我哭？你怎麼認識京雅的？」朗恩用手背抹去嘴角滲出的血質問道。

「你什麼人啊？警察嗎？你有強制令嗎？我幹嘛要回答你？」

「你為什麼認識京雅？」

朗恩又問了一次，這次的語調及表情嚴肅許多。

「很驚訝嗎？他是經紀人不是嗎？這個世界這麼小，多少都會接觸吧？」艾力不屑地哼笑。

「是你叫他來秀場的？」

「是又怎樣？不是又怎樣？」

「艾力，回答我。」

「我沒有義務回答你。」

「我只再給你一次認真回答的機會。」

「怎樣？你給機會，我就一定要接受嗎？」

艾力抬頭挺身，不屈地反嗆，與朗恩僵持不下。

面對這場硬局，在旁的奈傑爾與埃斯珀也不知該如何是好，只能抱著忐忑的心情相互觀望。

反觀盛怒的朗恩，他在聽見艾力的反駁時心中一緊，眉間強硬的氣勢明顯軟了幾分。

京雅……似乎曾經也說過同樣的話。

而且仔細聽，艾力跟京雅的聲線非常相像。朗恩不禁彎起眼，回想起京雅與馮娜對峙時的音調和語氣，除了某些字句的轉音有落差之外，兩人的音質幾乎沒有太大區別。只是一人說英語，一人說中文，語言的轉換導致朗恩一時間難以辨識兩人之間微乎其微的差異。

「那好，我問別的。」朗恩滾動喉結，頓了頓，臉頰開始因受傷而發腫，「你剛剛說京雅哭是怎麼回事？他手的傷還好嗎？現在在哪家醫院？」

「看來你還有點關心他嘛。既然現在那麼關心，昨天當下怎麼不追呢？」

「我有客戶在身邊，沒有辦法直接丟下他們去追一個工作人員。」朗恩正經回應。

如此理所當然的言論讓艾力再動肝火，他舉手一揮，想再補一拳給朗恩，沒料到這次卻被朗恩俐落地擋下來。

「我不會讓你在這裡使用暴力，不管你是誰。」

「肢體暴力不行，精神暴力你倒是挺會。」艾力勉強牽起理智揶揄，並轉開手腕甩開朗恩，「那就用說的吧。我問你，昨晚你明明看見希雅受傷了，對吧？你怎麼就沒在當下確認他的情況呢？」

「我剛剛說過了，當時的我處於工作中，不好直接拋下身邊的名媛紳士們，所以沒能及時上前確認，況且我跟他有一段距離。」朗恩耐著性子解釋。

「距離？你不要笑死我了，他是離你多遠？一個華盛頓州那麼遠是不是？你走個幾步上前確認很難嗎？」

「你不要無理取鬧，語無倫次了！奈傑爾，管好你的人。」

「艾力拜託你冷靜點！」奈傑爾無奈地拉扯艾力的衣角。

「我無理取鬧？我語無倫次？哈哈哈哈！那你又是什麼？見人便說『你頭髮好漂亮，你眼睛好神祕』，胡亂稱讚的你就說話有理了？放屁！」

「你到底在說什麼？」

「你明明認出了希雅，你明明看見他受傷了，但還是為了利益選擇留在原地嘛！什麼叫無法拋下名媛紳士們，去追一個工作人員？你別笑死我了。別說那些冠冕堂皇的狗屁藉口了，你沒追的原因，就只是因為你覺得他無所謂而已。」

「我並沒有覺得京雅無所謂！我有我的考量，你身為秀的主模，難道不知道當晚來的都是些什麼人嗎？」

「你的考量？你有什麼狗屁考量？」艾力咆哮。

「難道你在國際台上走秀時，會因為某人受傷就衝下台？拋棄工作！」

「我會！！」

沒有遲疑，艾力答覆堅定。

「如果『某人』是我所愛的人，我會為他奮不顧身。」

艾力直視朗恩，毅然決然地說道。他的回答讓奈傑爾心弦悸動，也使朗恩啞然。

看朗恩沉默不語，艾力卻突然笑了。他放出癲狂的大笑，搞得眾人一頭霧水。他跌坐在長椅上笑到岔氣，鄙視地看著朗恩邊搖頭邊呢喃：「看吧！你無話可說，你並不愛希雅。果然啊果然……你跟那個賤女人一樣果然是同一種人……」

「哪個女人？」聞言，朗恩皺眉。

「艾力別說了。」

奈傑爾再次上前阻止，卻被艾力揮掌打了回票。

「哪個女人？呵呵呵……看到我這張臉，你還想不起是哪個女人嗎？」

「你、你說愛麗西亞？」

朗恩反問，他不解為何艾力會叫自己的母親為賤女人，如此惡意貶抑的稱呼。

「賓果！就是那個你尊為老師的女人。」艾力收起笑聲，雙目怒不可遏地瞪著朗恩，紫色的眼眸釋放出滿滿敵意，他起身緩步逼近朗恩。

「愛麗西亞是個為了利益，連靈魂都可以賤賣的蠢女人，你們果然是商人，難怪她這麼喜歡你！你們沒有愛——！你們只在乎錢——！只在乎利——嗚——」

艾力氣炸了，他反唇相譏，越說越激動，最後的話已經不是語言，而是炸裂的吼聲。

就在空氣激憤之時，奈傑爾冷不防從後方猛力拉走艾力，將他壓制在桌上。搶在他徹底失控前，在埃斯珀的協力強行餵下一錠藥物。

藥效發揮得很快，沒幾分鐘，狂飆髒話咆哮的艾力進入暈眩、神識模糊的狀態，最後身體一癱就暈厥過去。

「你們！他……這？你給他吃什麼？」

朗恩目睹全程，對眼前發生的鬧劇居然在自己的辦公室中上演感到驚悚。

「別擔心，這只是鎮定劑。朗，抱歉！艾力的父親上個月過世了，所以精神很不穩定。借我個房間吧，剩下的我來說明。」

「我明白了。埃斯珀，先帶他們去隔壁吧……」

「那我先去拿毯子。」

埃斯珀點頭，有禮貌地請奈傑爾移往隔壁。正當奈傑爾抱起暈倒的艾力時，朗恩餘光瞥見艾力的領口內滿是傷痕的皮膚。

第九章

大文豪馬克吐溫有句話，叫做現實比小說更離奇。

果不其然，奈傑爾之後的話證實了朗恩心中的猜想。

只是他雖猜測到京雅與艾力可能有部分的血緣關係，卻不想竟是這麼近的關係。

同胎兄弟，朗恩真是作夢都沒想到。就連人生閱歷豐厚的埃斯珀，聽完也是一臉難平的震驚。

凝重的空氣流淌在三人之間，辦公室裡燃著爐火，朗恩的肌膚依舊感覺冰涼。

艾力（Ali）與希雅（Sia）是愛麗西亞（Alicia）拆字的諧音，而希雅台灣的養父母是一戶姓京的人家，因此出養後，登記名為京雅。

艾力復刻了母親愛麗西亞驚艷眾人的美貌，至於京雅則繼承了她獵人精準無比的眼光。

知道京雅的出身後，朗恩內心翻騰，久久難以平復。京雅破碎的過去更叫他眼底隱隱作痛，他翠綠的眼球緊緊盯著奈傑爾，試著說些話，卻吐不出任何字來。

事到如今無論說些什麼，都像是辯解般那麼蒼白。

「你剛剛有看到艾力身上的傷吧？」讀出朗恩的困惑，奈傑爾主動開口。

朗恩沒回話，只是默默點了點頭。

「聽著，朗。我明白你非常尊敬愛麗西亞，我認可她確實是位有遠見的商人，雖然不知道她在你面前是怎樣的老師，不過同時她也是個十分會善用自己本錢的女人。」

「……我不否認。」

好不容易，朗恩擠出了答覆。

過去，愛麗西亞為了在演藝各界安插自己的人，因為「一點方便」，的確與當時的某些權要人員有頻繁密切的私下往來。這件事誰都沒明說，但圈內心照不宣，連朗恩的母親也對愛麗西亞的言行頗有微詞。

但一碼歸一碼。朗恩的家教公私分明，只要愛麗西亞沒有侵害到朗恩一家，朗恩的家族倒也沒禁止他與愛麗西亞學習。不過對比朗恩家的平靜，愛麗西亞卻在奈傑爾家掀起一大波驚天駭浪。

「愛麗西亞生前的行徑，以及在我們家族之間的傳聞你也是知道的。尤其她懷孕後，艾力的父親也一直存有懷疑……但……京雅的出生，算是壓垮駱駝的最後一根稻草吧。」奈傑爾平靜地講述他所知道的一切。

善於交際的愛麗西亞在婚後並沒有收斂。沒想到的是，她居然在潛規則中懷孕了，沒有拿掉孩子的原因或許是出於母愛的本能，也或許是想賭一賭肚子裡的孩子是不是丈夫的。

但人算不如天算。金髮的孩子在睜開眼睛後，徹底擊潰了愛麗西亞。

京雅如墨的黑瞳，證明他體內沒有一滴丈夫的血脈。

由於艾力日漸長大後越來越像愛麗西亞，導致他的父親亞伯不禁開始懷疑艾力不是自己的孩子。亞伯把妻子背叛的怒氣全轉到艾力身上，他無法倖免地成為大人出氣的沙包。

「原來如此，因為身上的傷，所以艾力才堅持要獨立的化妝間對吧？」

一切都對上了。

「沒錯。」

「那爸爸呢？京雅的父親是誰？」朗恩急切地接問。

奈傑爾沉長地嘆了口氣，搖搖頭：「愛麗西亞沒有說，她到死都沒有說，通聯紀錄也沒有。我們家族這裡也沒有任何亞洲血統。」

聽到此，朗恩赫然想起某夜與京雅在回家的途中談起家世背景時，京雅曾講過的一句話——

『有些事情就該一起帶到棺材裡。』

原來……這句話，有如此深的意義是嗎？

不知怎麼地，朗恩心情沉重了起來，喃喃低語著：「所以京雅會這麼堅持要立足於歐美圈，是因為愛麗西亞的關係？」

「我想是因為他與艾力的關係，那是他們兄弟的約定。」耳尖的奈傑爾笑了笑。

原來艾力從小樣貌驚天，儘管父親不喜歡他，卻也知道他是個撈錢的好工具，於是艾力成為童裝模特兒，早早就進了這汙水混濁的世界。

而年紀小小的京雅單純地以為只要他成為很厲害的經紀人，就可以把艾力從父親手上簽過來。為了更有話語權，艾力在日漸競爭的模特兒界也拚死一搏。是很天真的約定，但他們都互相為對方努力執行。

他們是彼此相依的存在。為了能從上一代的枷鎖中掙脫，他們是真的付出了所有。

「請你別怪艾力說話難聽，京雅……真的是他最大的禁忌，我代替他向你道歉。」奈傑爾誠懇地替艾力向朗恩說情。

「道歉什麼，他說的是實話。」

朗恩自嘲一笑。

艾力說的沒有錯。那晚他沒上前，並不是不在乎京雅，而是比起感性的愛情，留住他更多的是理性。

他沒這麼做，這是他的選擇。

所以再難聽的話語，也是他該承受的。

「嗯……」奈傑爾一臉憂愁地看著朗恩。

§

深夜，奈傑爾帶著大鬧一場、心力交瘁的艾力離開後，朗恩整個人像是虛脫般癱在躺椅上，胸腔彷彿被掏空了一樣空蕩。

他撬開打火機，替自己點了一支菸，無奈菸草的味道並未能消去他心裡的煩悶。

「潛規則交易」是京雅與艾力恐怖人生的開端，於京雅而言，流在體內的血至死都不會改變，是一生都無法清醒的噩夢。

相較於從小承受家暴的艾力來說，出養到國外的京雅情況似乎好一些，但畢竟是被當成垃圾一樣丟到國外，難道心理的傷痕就會比身體的傷痕來得輕嗎？

不過朗恩心想，並沒有誰傷得比較重的說法。無論是身上怵目驚心的疤痕，或是心中永遠填不滿的空洞，都是一輩子不會消失的痛。

朗恩心中無比苦澀……這一刻，他終於明白自己的玩笑對京雅而言是多麼殘酷的選擇，他一時興起提出的潛規則條件，對京雅來說是多麼的沉重，而京雅又是用什麼樣的覺悟與心情，接受他所謂的「一點方便」呢？

「埃斯珀，你說我是不是很糟糕？」

朗恩無神地盯著天花板，用幾乎聽不見的聲音說。

尼古丁能麻痺他生理上的五感，卻麻痺不了情緒的感知，自責的情緒早已深深侵蝕他。

「先生是指什麼呢？」

埃斯珀端著熱茶進來，熟練地將壺中茶包瀝掉、加糖、攪拌。湯匙撞擊瓷器清脆的響聲蓋過了擾人的心跳。

「我從來都不知道，原來讚美的話聽在不同人耳中也能是傷人的話語……」

朗恩的語氣落寞，此刻的他和平日意氣風發的樣子判若兩人。

這些日子，他明明有察覺到京雅對自己眼珠的顏色十分牴觸，他明明知道京雅對自己的血緣那麼在乎。即便如此，他還是把同樣的讚美用在其他女孩身上。

那明明是該只屬於京雅的讚美，他卻把這份「專屬」輕易地給了其他人，而他現在才意識到這件事是如此糟糕。

眼前赫然浮現出京雅那晚瑟縮在江成允肩上的樣子……突然，一股名為忌妒的情緒如菸煙包圍著朗恩。

痛苦鎖住他的喉嚨，說不出更多話，只能持續無言，不過陪在身旁的埃斯珀卻明瞭於心。

「是呢，畢竟人不是機器，不是每個人接收到一樣的指令，都只會產生千遍一律的反應。京雅少爺是個人，不是機器。他有血有肉有想法、有知覺、有情感，還有慾望。」埃斯珀將沏好的茶推到朗恩面前，平靜地說。

「呵呵、或許艾力說的對，我並沒有那麼在乎京雅，我把他留在身邊只是自私地想自我滿足而已……」朗恩接過茶杯自嘲地苦笑。茶色很美，但他聞不到任何香氣，就連入口後也都是苦澀的味道。

「是嗎？我可不這麼認為。在我看來，這一切只是誤會而已。」埃斯珀淡淡地說。

「誤會？」

「難道不是嗎？」接著，埃斯珀突然岔開話題，問道：「俗話說，蒼蠅不叮無縫的蛋。先生可曾想過，為何愛麗西亞女士走跳藝界各圈，卻唯獨沒能親近老爺嗎？」
「因為我的父親深愛我母親。」
朗恩不懂埃斯珀為何沒來由地開起這個話題，但他還是直觀說出原因。
他的父母結婚近四十年，且如今恩愛依舊，是親友公認的傳奇佳話。
埃斯珀贊同點頭：「這當然是要素之一，但更重要的是，老爺的個性相當公私分明。」
「父親的確是這樣的人。」
「從我到職的那天以來，至今從未見過老爺與哪位同行或友人有深入交集，夫人就是老爺最好的朋友與夥伴。」
朗恩的父親公歸公，私歸私，在業界以能力服人，用如此的處世態度建立起銅牆鐵壁般的影視產業。再友好的藝人想與其合作都必須拿出實力，走後門是行不通的，這項規矩自然也傳承到了朗恩身上。
「正因為老爺從未對外界表露私人的情緒，所以愛麗西亞女士自然也就沒有任何依據可以攀附老爺。您的父親從小就是這麼教育您的，身為公司的下一代經營者，讓旁人能隨意揣測喜好不是件好事。譬如，以前您評判試鏡，被罰禁足的事就是個例子。」
埃斯珀點出了最核心的關鍵。他的話勾起了朗恩過去的回憶，那是他跟京雅提過的兒時記事，由於他在電影的選角會上聲援愛麗西亞，被父親罰禁足一星期。
當房門落鎖的那一刻，父親嚴厲告誡他的表情依然深刻地印在朗恩腦中。

『讓外人知道自己的偏好不是件好事。』

他記得父親如此說道。想到此，朗恩思想頓開。

一直以來，他都認為當時父親是因自己任意批判評選才懲罰自己，但沒想到父親懲戒的是他隨意表露情感。

如今經埃斯珀的提醒才發現，原來他早潛移默化地接受了這樣的教育，卻不自知。

「對所有事物做出通俗的批判或稱讚，是先生您從小到大接受的教育。在我眼裡，這沒有對錯之分。先生，我接下來的話純粹是我個人想法，但我希望您能好好思考我所說的，若您不認同，聽聽就算了。」

「不，你請說。」

朗恩將身子往前挪了點，認真傾聽。

「每個人的成長背景不相同，對事物的認知自然也不一樣。當然，京雅少爺的過去是比較坎坷一點，但我們事前並不知情，不知道同樣讚美的詞句給他的打擊是如此之大，而您也不知道少爺內心的傷痕有多麼重，以至於一句話就足以將他擊垮。」

朗恩聞言，怔怔地望著埃斯珀呆了半晌。他從沒聽埃斯珀說過這樣的言論。

「您一直被理性教育著，雖然言行模式已在無形中被固定化，但我想您該學習新的處事方法了，即便是對外的場合，至少在有京雅少爺在的時候，您也可以試著表露對他的愛惜。」

聽到此，朗恩的雙手不自覺握緊拳頭，埃斯珀見狀頓了頓，嘆息道：

「朗啊，我在你身邊二十年，也算看著你長大，我看得出來你是真的很喜歡京雅。」埃斯珀強調了朗恩與京雅的名字，而非稱呼先生與少爺。

此刻的他不是侍者，而是以一位長輩疼惜晚輩的心態，誠摯地與朗恩對談。

朗恩與埃斯珀四目相會，須臾才緩緩開口：

「我……的確非常喜歡他。」

他第一次在人前坦承自己真實的心思，「我是喜歡他，但是……我似乎沒有盡到一般大眾對喜歡的人會付諸的行動……甚至到剛剛才理解我所認為自然的事情，對他來說竟是傷害。」

看著朗恩威容喪失，愧疚地縮起肩膀反省的模樣，埃斯珀感慨地微笑。他實在是心疼眼前這個從小看到大的男孩。

「怎麼說呢……相處難免有矛盾，既然發生了，那我們就盡力解釋就好。」

「但我現在解釋有用嗎？」

「我個人認為即便是一樣的話語，對不同的對象，講出來的心情也有所不同吧？何不把這些心情直接告訴京雅呢？覺得想念的話，就打個電話、開開視訊如何？我說朗啊，你是時候活得坦率一點了。」

成長在龐大家族中的朗恩，克制這件事早已融入骨血，成為他多年的生活習慣。一路優秀地成長，努力讓自己迎合外界的期待，最終外界太多的眼光綑綁了他真正內心的渴望，也禁錮他最真實的情感。

為了家族的招牌，他放著受傷的京雅離開。明明想關心，卻不知從何著手；成為至上之人的同時，也失去了跟隨本心、坦然愛人的能力。

「就算我坦率了，現在我找到他，他也不一定會見我。」喪氣的朗恩音細如蚊，他雙手撐著前額，難受地吐了口氣。

「這個嘛，江先生剛剛不是說了，如果是您找京雅，他會幫忙的。」埃斯珀提醒道，「去吧，朗！去解開這個誤會。我相信只要好好說、認真說，京雅會接受的。畢竟他是有心有靈魂的人，不是機器，人的感情是無法說斷就斷的。他的悲傷有多深刻，對你的感情就有多深切。」

朗恩恍然大悟地抬頭，迷惘的綠色眼珠瞬間有了光彩。

「我知道該怎麼做了！」

他像剛學會開車的少年一樣欣喜地跳起來，拎起車鑰匙就往外衝，還不忘折回門口給埃斯珀一記燦爛的笑：

「埃斯珀，謝謝你，真的感謝你！」

埃斯珀看著朗恩如疾風般消失在電梯口，忍不住搖頭笑嘆：「孩子啊，果然不管到幾歲都是孩子呢。」

§

與埃斯珀的長談對朗恩來說猶如當頭棒喝，也像一劑強心針。

他火速飛奔到車庫，催緊油門，往辜詠夏家疾駛而去。

車子高速行駛在公路上，朗恩的腦海中全是那一晚伴著京雅共枕而眠的畫面。

那晚也許是睡不習慣大床，京雅不斷翻身往床沿滾，半個身軀驚險地懸在床外，每次都是朗恩輕柔地將他撈回來。這個動作，一整晚他不知重複了幾次，卻仍抱不膩。朗恩看著身下因疲倦而沉沉睡去的人，心裡頓時暖熱起來，他竟然就這樣看著他，直到早晨來臨。

那夜朗恩並沒有什麼睡，竟不覺得疲憊。

可出差後，朗恩沒有一晚好眠過。每每躺在柔軟的床上，手掌總會泛起擁抱著京雅的觸感，那種感覺是那麼美好。體會過之後，每當來到一個人的午夜，朗恩心中總是有些空蕩。

他明明就是如此珍惜，如此呵護他啊……自己當時怎麼就沒走到他身邊呢？

怎麼就無法好好做出行動呢？

想到這裡，朗恩不禁加快了速度。

深夜響起的門鈴聲總是格外嘹亮。

江成允放下手中的書，姍姍地走到門前，從貓眼窺探來者何人。看到朗恩頂著細雨站在廊前的姿態，他把門打開。

「辜詠夏在導演家開會，現在還沒回來喔。」不等對方說明來意，江成允率先開口。

「我不是來找他的。」

「哈哈！那你是來找誰呢？該不會找我吧？」江成允半開玩笑地說。

「我的確是來找你的。」

聽見這樣的回答，江成允感到些微驚訝。

「你知道京雅在哪裡對吧？請你告訴我好嗎？」朗恩誠懇地說著，口中冒著許多霧氣。

站在門口的江成允聽出朗恩話裡的哀求，光要朗恩講出「請」這個字，已經足夠表明他放棄了許多尊嚴。

「知道錯了？」江成允問。

面前的人無語，只傳來唇齒微微顫抖的聲音。

唉……江成允在心中嘆了口氣。

「看在你自己找來的份上，進來說吧！」

江成允擺了擺頭，側身讓出通往客廳的走道。

「江先生，請問京雅真的不在你這裡嗎？」還沒走到客廳，朗恩便急切地問江成允。

「如果你早四個小時來的話，他是在的。」

四個小時前……朗恩心裡一算，剛好是他開始打電話找京雅的時間。

錯過了啊……朗恩呆愣在原地，臉上淨是懊惱。

「坐吧！」

江成允比了比沙發，接著彎進廚房，順便幫朗恩倒了杯咖啡。

「深夜貿然打擾，實在抱歉。」

「來總比不來好吧？看來艾力去找你了？」江成允斜眼瞄了一下朗恩臉頰上的瘀青。

「來過了，如風暴一般的人。」

「他的確是。」

「看來奈傑爾往後有好日子過了……」朗恩露出一抹無奈的苦笑。

「誰知道呢。都說一物降一物，到底是誰被收服了還說不準，你不也一樣嗎？」江成允小小啜了口咖啡，意有所指地迂迴附和。

朗恩一聽，逐漸收起笑意：「是啊……真說不準。」

一雙綠眸凝重起來，像是在自責懺悔，又像是在自言自語：「剛剛江先生你在電話中跟我說，『難道藝人簽了約，您就不管後續了嗎？』這段話時，我當下真的什麼都沒有體會出來。」

「現在知道了？」

「嗯。」朗恩默默點頭，抿起蒼白的薄唇，自嘲地笑了笑，「感情需要經營這句話常聽到，可搬到自己身上，居然什麼都不懂。我以為把他放在家，他就哪裡都不會去，我真是——」

「停，不要再說了。」

朗恩正說到情緒上，江成允突然伸手，發話打斷他。

「是？」朗恩面露疑惑。

「請你停止這樣的情緒。我想你來應該不是要把我當神父吧？而且我也不想聽你懺悔，所以請停止這樣的情緒。」

「也是，我了解……」

「雖然我不是神父，無法客觀地說什麼，但我不得不提醒你一句，也算是我一個過來人的體悟吧！」

聞言，朗恩挺起脊梁，專注地聆聽。

「請你不要自責了。我個人覺得……愛會出現，也會消失。而且愛這種虛幻的東西，最容易消失在負面的情緒以及停滯當中。」

「停滯……當中？」

「簡單來說，愛是會被許多情緒消磨的。要延續愛的感覺，或者說要經營愛這種情緒，比起自責，付出實際行動是非常重要的。」

這時朗恩眨了眨眼，似乎想到了什麼。

他想起自己恩愛四十年如一日的父母。印象中，父親和母親看見對方時永遠都是笑容滿面，就算兩人偶爾吵架，父親總會拉著自己上街，為母親挑選賠罪的小禮物，即便母親生著悶氣，將父親拒之門外，父親依然會站在門前，不停求原諒。

也許這一站就是好幾個小時，但父親總是堅持站在門口，直到母親開門為止。

小時候的朗恩老認為父親就是標準的怕太太，就算不是他的錯，父親也是先低頭的那一個。

但現在細想，原來面對爭執產生的負面情緒，父親一直是用主動放軟，來維繫與母親的愛情嗎？

想著想著，朗恩緩緩說出他的感悟，一旁的江成允終於露出微微心安的笑容。

「你爸爸非常圓融。所以說，你聽得懂我在講什麼的話，現在要做的應該不是在這裡自怨自責吧？而是要主動採取些什麼才對。」

朗恩沉默了一會兒，神情侷促地說：「雖說要主動做些什麼……但我又能做什麼呢？我與京雅的情況，跟我父母他們夫妻間的鬥嘴是完全不一樣的。」他頓了頓，接著道，「那晚我明明看見京雅受傷了，我卻沒有及時關心他。現在我要拿什麼樣子見他呢？」說完，朗恩微弱地長嘆一口氣，他的嘆息帶著一絲迷惘，含著一抹無助。

「關於這點嘛……我倒是沒有怪你。本來有歷練、有事業後，有些事就不是那麼容易能直接放下的。更何況，當晚的女孩中有議員的女兒吧？這點糾結我還是能理解的。」

江成允是明白人，他清楚人在江湖身不由己的無奈。就連他影帝的身分都必須要遷就導演、出資者等等，一介演員尚且如此，更何況是一位遊走政商的經營者。

現實生活不是童話，不是所有國王都能放下國家，只為與公主有幸福美滿的結局。放下國家的國王自然不再是王了，公主也不會是公主，如此一來，何來幸福美滿的結局？

愛情與麵包本就不是能同一衡量的事，不過人們總是會將它們一起擺上天秤。

「你等我一下，我拿一樣東西給你。」

見朗恩的樣子怪可憐的，江成允心中浮現一個決定。說著，他起身走上二樓的臥室。

腳步聲漸遠，客廳中只剩朗恩一人。他凝視著窗外的細雨及皚皚白雪，不禁想起擁抱京雅的時候，似乎每次不是下雨就是下雪……窗沿融雪的水滴讓朗恩聯想到京雅在他身下泫然欲泣的表情。

他喜歡京雅流淚時的模樣，但絕不是在監控畫面上看到那痛徹心扉的哭容。

他並非故意讓京雅露出那樣的表情，但……

朗恩想著，刺痛的感覺揪住了他的心口。此時江成允也從樓上下來，手中拿著一個生鏽的小鐵盒。

「嗯！那是——」

看見盒子的出現，本來頹喪又無精打采的朗恩頓時睜大眼睛。

「看來你知道這盒子？」

「我知道京雅很寶貝它。他上次為了保護盒子不被地痞搶走，被打到腦震盪。」朗恩說起過往，「不過這盒子怎麼會在你這裡？」

「小京留給我的。正確的說法，應該是他留下來的。既然你知道這盒子對小京很重要，你知道他在裡面放了什麼嗎？」江成允試探性地問。

「我只知道放了護照，其餘的就不清楚了。」

朗恩搖頭，想起做筆錄那天看見京雅從盒中拿出護照以外，盒內似乎還放有別的東西，不過他沒有細問。

一想到那天京雅差點被侵犯，想到他身上的傷，朗恩仍舊滿腔怒意，他的脈搏跳動劇烈到難以壓抑的程度。

「既然小京把盒子留下來，那東西要如何處置的決定權就在我了。我想給你看看裡面的東西，你有意願知道嗎？」

「當然！」朗恩的聲音急切起來，「但我們要怎麼打開？」

接到問題的江成允二話不說，直接轉撥盒上的密碼鎖。

「你知道密碼？」

「以前看小京打開過，就記下來了。」

「你這是犯罪吧？」

「又有什麼關係，現在不是幫到你了嗎？」江成允用鼻音哼了聲，不屑地回答。

「……是沒錯。」

朗恩乖乖閉嘴，這是他今天第二次被江成允堵到無言以對。

然而轉到最後一個數字時，江成允的動作卻驟然停下。朗恩耐著性子等待一會兒，見對方久久沒有動作，終於忍不住問：

「怎麼了？該不會忘記密碼了？」

「怎麼可能！你是在懷疑我的記憶力嗎？」難得見到朗恩驚愕的神情，江成允挑眉，「只是有個問題想問你，雖然現在才問有些奇怪，不過……朗恩先生，你對小京的事是怎麼想的呢？」

「你的意思是……」朗恩皺眉。

「雖然小京並沒有解釋什麼，但你們不是戀人關係吧？」

突然的疑問使朗恩陷入沉默，下一秒，他洩氣地靠在沙發上，罕見地露出懊惱的表情，過了一會兒才緩緩開口說：「正確來說，確實不是。」

真是太失敗了。

他一向認為自己很紳士，可細細回想起來，他居然沒有認真追求過京雅。滾了床單、給了鑰匙，卻沒有承認對方是自己的戀人，這無疑是個大失敗！

就在朗恩對自己失望的同時，胸腔也因為愧疚感到難以呼吸。儘管如此，他還是屏著氣誠實回答江成允的問題。

「關於京雅，一開始的接觸的確不是因為喜歡他。說實話，中間的情緒轉折我自身也沒怎麼察覺，等到我明確感覺到喜歡的時候，我已經把他帶回家了，而且強烈地希望他留下來。」

沒錯，一切的開端原是場賭局，是他不小心淪陷，不知不覺間上癮。

「所以……」

小京也太容易被打包了吧？江成允在心中暗想。

「所以現在的確不是戀人關係，但是我渴望他留在我身邊。我會改正關係這一點，如果……我還有機會的話……」

朗恩坦言道，但是語尾的「如果」加述得很飄渺，給人不自信的感覺。

眼見朗恩些許畏縮的表現，江成允想都沒想過天之驕子的朗恩也有沒自信的時候。

不過話說回來，哪個人在愛情前是十足十自信的呢？江成允自己不也是嗎？即使身為人人想攀上的影帝，他何嘗沒在愛情中狠狠跌過？

原來每個人都害怕所愛的人不愛自己。

原來無論多麼優秀自信的人，在愛情面前終究都是膽怯的。

「朗恩先生，我真心地希望這次、這次你能好好留住小京。他是個值得被全心全意所愛的好孩子。」

江成允滾了滾喉嚨，嚴肅地看著朗恩，在得到對方堅定的眼神後，他卸下了鎖頭。伴隨著盒蓋開啟，京雅用生命死守的祕密也全攤在朗恩眼前。

只見盒中有一張破舊泛黃的紙，那是京雅的出生證明。上頭母親的姓名欄位還填著愛麗西亞的名字，另外還放著一本深酒紅色的護照，裡頭確實印著希雅·奧斯汀。

在這兩樣東西的最底下，還壓著一張照片。

那是愛麗西亞的照片。

這張照片與擺在朗恩家書房裡的一模一樣，不同的是，這張照片是彩色的模樣。朗恩拿起照片仔細端詳，他看見那極為相似的眉宇。

雖然京雅的五官整體比較偏亞洲感，但那一眉一目與愛麗西亞如出一轍。艾力與京雅兄弟兩人完美地繼承了母親那如擁有宇宙般的靈魂雙眼，他們是如此相似，怎麼自己就沒看出來呢？

照片中央隱約透出糊糊的墨印，朗恩翻過相片，看見一行秀娟的字跡，雖然墨跡已淡去，但仍可辨別。

人生悲喜，轉瞬即逝。
沒有愛，我們什麼也不是。

——愛麗西亞·奧斯汀

看見那段模糊的文字後，朗恩豁然明白。

雖然不清楚上一代愛恨糾葛的恩怨，但或許敬愛的恩師會選擇輕生，並不是因為發瘋……而是選擇利益放棄愛的她，早已什麼都不是了。

在利益與情愛中掙扎的她，最終選擇了逃避。

雖然她選擇逃避來解決她無法面對、更無法承受的問題，可終究還是留下了一點母愛。

艾力與希雅的名字，不就象徵了孩子是她的一部分嗎……

「不虧是小京，只帶走了台灣的護照是嗎？」

江成允看著盒中剩餘的物品，綻出釋懷的笑容。

看來京雅終於放下「過去」，選擇帶走「現在」，同樣是活在上一代的影子之下，江成允對這樣的舉動再理解不過。

但朗恩對江成允的話完全無頭緒。

「我想你也不用太過擔心小京，一次感情的跌倒，怎麼可能擊潰得了他，我家小京可是超級堅強的！」

凡事皆為一體兩面，感情上的創傷帶給京雅的除了疼痛，還有成長。

但願小京放下了希雅・奧斯汀的身分後，從此不再是為了誰而拚命，而是為自己跨步向前，不受任何束縛，活成真正的京雅。

江成允看著京雅留下來的護照一面呢喃，心裡由衷地盼望。接著他隨手拿來桌上的便條紙，寫了幾行字，連同小盒子一起遞給朗恩。

「這個盒子我就交給你了，之後要如何處理，全由你隨意。但無論如何，請你務必真心誠意地處理。」

江成允的表情相當慎重，而他的弦外之音，朗恩聽得十分明白，他抬頭挺胸地接過盒子：

「當然，我會永遠愛惜的。」

屋外的雪轉成了細雨，朗恩謝別江成允，回到車上。

他攤開那張紙條，上頭是一間影像製作公司的名字。朗恩對這間公司相當熟悉，這正是藍・斯托克目前拍攝劇組的所屬公司。

……看樣子京雅是到英國與藍會合了。

知道京雅的去處後，朗恩懸空的心終於稍稍安下。他把紙條摺好，連同盒子小心翼翼地收進副駕駛座前方的置物箱裡，副駕駛座的間距依然保持著京雅習慣的距離。

他放下車窗，習慣性地燃起一根菸……初次擁抱京雅，也是這樣的雨天。

之後他沒有多想，便把京雅帶回家了。除了自私的占有慾之外，更多的是疼惜這個倔強男孩。在隔日的早晨，在自己承諾那個家也屬於京雅的那一刻，他就該成為他結實的後盾才對，但……

第一次在宰詠夏家門前，他沒察覺出京雅的窘困；第二次知道京雅受傷，他卻眼睜睜地看他離開；第三次電話找人時，他也沒把握住。明明只要上前一步就能抓住他，為何自己總是選擇看著京雅離開呢？

雨越下越大，打溼了朗恩憂慮的側臉，嚴峻的冷風颳亂他狼狽的髮絲。

到底他該怎麼做，心愛的金絲雀才會再次佇足於自己的掌心呢？

§

深夜，宰詠夏從蒸氣騰騰的浴室走出來，他大致吹了一下頭髮後翻上床，甜膩地擁住正在看書的江成允。他將下巴靠近他肩窩，輕聲問：

「你在看什麼？」

「下次角色的資料。」

「下次是什麼角色？」

「是個作家，我要演他的生平。」

「紀錄片？」

江成允沒有說話，只是輕輕哼了一聲。辜詠夏輕依偎在愛人肩上，小聲地問：

「結果你還是沒跟朗說小京在哪裡嗎？」

「找人是他自己的事好嗎？不過至少我給了他方向。若他有心想找，怎麼可能找不到。」江成允沒好氣地看了辜詠夏一眼。

「話是沒有錯啦。」辜詠夏沉默了一會兒，逕自接著說，「朗他啊，是個幸運的人。從小要什麼有什麼，不曾為了失去什麼而焦慮。即便失去了，馬上就有其他的遞補上來，而且補上的水準不會持平，只會更好。」

「的確啊……就像演藝圈一樣。候補的孩子一抓就是一大把，沒有誰是無法取代的。」江成允聽著聽著也闔上書本，不自覺感嘆道。

「無論是東西還是人，朗的周圍從來不缺資源，從來也不需要去挽回什麼。」辜詠夏雙目放遠，陷入深思，「不過呢……挽回這件事情，是需要學習的。尤其是在深深傷害過他人的時候，挽回不僅僅是要向對方表示歉意，也要直面自己內心軟弱的事。」

這個世界，表達愛有很多形式。有用包容表達的愛、有成全的愛、有不求回報無私的愛，但是表達「挽回」的愛，是需要承受「被拒絕」的。

就算有可能嚐到被拒絕的痛苦及失去愛人的黑暗，依然渴望能挽回對方，這不是每個人都做得到的。尤其是對從來只有他拒絕別人的朗恩而言，這更不是件容易的事。

宰詠夏平靜地，緩緩地道出自己的看法。

「哼，就算不是容易的事也要做。如果他連嘗試挽回都不願意，那他真的沒資格得到小京。」江成允附和道。

「不是『嘗試挽回』，是他要『必死挽回』才對。」宰詠夏糾正愛人的說詞。

「哎呦，你這麼了解朗恩，害我有些吃醋喔。」江成允抗議道，「不過你剛剛的話太帥了，很像一個演員會說的話。」

「我是啊！」宰詠夏呵呵笑了一下。

「哦？在我面前嗎？」

江成允轉身，高傲地看著肌肉更加壯碩的宰詠夏。洗完澡的水滴還沒完全乾透，順著他的髮絲流向了結實的胸膛。

「我怎麼敢在影帝面前放肆。」宰詠夏笑著，翻身將江成允壓在身下。

「不過你說的對，他真的必須『必死挽回』才行，否則我會把小京介紹給別人的，我手裡有一堆好貨呢！那該死的王八蛋，居然敢欺負我的孩子！」江成允貼在戀人溫暖的胸膛裡，嘴裡不忘咒罵幾句。

「等等，我才該吃醋吧？你手裡居然有一堆好貨？」

「呃……就看上去似乎是好貨，我又沒有親自驗過貨。」江成允連忙解釋。

親自驗過還得了？

「你故意的吧？」

辜詠夏瞇起眼睛，用手臂困住自掘墳墓的江成允。

「喔～你說呢？」

江成允彎起魅人的唇，雙手勾上辜詠夏撩人的脖子。

這場寒冷的雪夜裡，溫熱濃厚的愛在柔軟的床上蔓延開來。

尾聲

「喂！老頭！你在摸哪裡啊？把你的髒手拿開！」

京雅爆炸的怒吼在演員休息室中炸開。

眼見室內一名頗有體積的中年男子，鹹豬手正肆無忌憚地摟著藍的肩。

「小京！你回來了！」

藍看見京雅進門，簡直見到救星降臨，他立刻淚眼汪汪地飛奔過去，躲在京雅背後瑟瑟發抖。

「真是的，我才出去買個咖啡而已就變這樣。導演，請你節制點，請不要把這裡當酒店。」

京雅把剛買的咖啡大力放到導演面前，杯身不僅扭曲變形，咖啡有一大半都撒了出來。

不過對於京雅不客氣的態度，導演完全不介意，反而直言調侃起京雅來：「哎呀京雅，誰叫你一直拒絕我嘛！所以只好……」

「只好什麼？所以你騷擾別人的行為是我的責任？少牽拖了。」

「京雅，我是真的很中意你。只要跟我睡一晚，我立刻決定用藍。」

鹹豬手導演在演員面前毫不避諱地說出邀約上床的言論，讓京雅在內心翻了幾千遍白眼。真是誇張、真是有夠誇張！劇組這次怎麼會聘用這種人當導演？

內心盛怒吶喊的同時，京雅也不禁嘆氣。唉……所謂壞事傳千里應該就是如此吧。

京雅來到英國已經半年了，由於之前的阿卡佩拉組合闖出不小的名氣，京雅的名聲已在業界散開來了。

重點是，他與朗恩之間的關係更是傳得繪聲繪影，並未因國界而有所削減。這段曖昧的傳聞更增添了京雅身上東亞風情的神祕魅力。因此對京雅直接提出潛規則邀約的人不少，更有人拿演出機會藉此逼宮。不過在遭京雅嚴詞拒絕後，大部分的人都倖然離開，只有眼前這位導演鍥而不捨，持續進攻。真不知這樣算是有毅力呢？還是色膽過人？

這位導演不管有沒有旁人在，對京雅的言詞總是十分露骨。不僅如此，最近還將鹹豬手伸到藍的身上。

這下京雅終於忍無可忍了。騷擾他可以，但為難他的演員萬萬不行。

「藍你先出去，我想我有必要跟這位導演好好談談。」京雅露出明顯嫌惡的表情，並特意支開藍。

「但是、但是……」

藍的眼神顫抖，一臉擔憂地望著京雅。他無措不安，誰知道導演會做出什麼事來。

「沒事，你在外頭等著，要是十分鐘後我沒出去，你再找人來。」京雅一邊說，一邊安撫藍的背脊，將他送出門。

「這、小京，我還是覺得……」
即便京雅這麼說，藍還是非常猶豫。
「是時候該跟導演好好『了斷』了。」京雅臉色一沉，嚴聲道。
見京雅如此嚴肅的表情，藍也不好多說什麼。雖然還是很擔憂，但他聽話地乖乖到室外等待。
不過鹹豬手導演明顯很不安分，等室內只剩他與京雅兩人時，他看京雅的眼神立刻流瀉出無窮的肉慾。他邊賊笑邊開黃腔：「我說京雅小甜派，你也太過分了，我可不是只用十分鐘就能解決的喔。」
痴纏半年，終於能一親芳澤。導演邊飢渴地逼近京雅，邊迫不及待地解開褲頭。
小甜派？聽到京雅心裡簡直快嘔翻了。
「導演，你是否誤會了什麼？我是單純要跟你做了結的。如果你不能照試鏡結果讓藍擔任男主角的話，那我只好請求上頭更換導演了。」
京雅祭出換導演這等相當嚴重的警告，不過色導演依舊當作耳邊風。
「換導演？哈哈哈哈哈！不可能、不可能，這電視台的執行長跟我同期，是不可能把我換下來的。再說，你跟朗恩那傢伙是真的對吧？可見你也不是那麼排斥用屁股嘛！」色導演仰頭大笑，並說出極度不尊重的言語，朝京雅一把撲去。
好在京雅眼明手快，俐落閃過。

噁心，真是太噁心了。京雅忍著想吐的衝動，一面閃躲，一面試著解釋。

「導演，我是真的很有誠意想要坐下跟你好好談，但你似乎沒有這個意願。」

經過拱阿卡佩拉組合上位的歷練，京雅結識了不少多國業界內的專業人士。而藍先前於英國拍攝的影集人氣爆棚，知名度水漲船高之外，弟弟艾力這個在模特兒界炙手可熱的妖嬈新星的經紀約也在他手裡，如今的京雅可說在歌唱界、演員圈、模特兒界皆擁有不小的影響力。

實力增厚，底氣自然足，雖然現在京雅對滿腦子人與人連結的色導演感到反胃又噁心，可依然能正氣十足，面不改色。

只是，這位一心只想打炮的導演似乎還搞不清楚狀況。

「坐下來談？當然行啊。我也想跟你坐下來談啊，但是你要坐、這、裡。」此時的色導演衣褲全褪到只剩下一件四角褲還掛在腰上，他衝著京雅露出噁心又猥褻的笑容，用手比了比自己腿上。

京雅看見人前衣冠楚楚的導演，此時變成這般痴漢的樣子，理智真的快要被炸毀了，況且藍還在外頭呢！

「我真的不是來跟你做這件事的。」他再重申一次。

「別害羞嘛。」

「我並沒有害羞，若真的要做，給你二十秒都嫌多，根本不會空十分鐘。」

「你他媽的閉嘴！！」

男人尊嚴遭汙辱，色導演臉色一變，痴漢表情立刻轉成凶煞樣，衝上去賞給京雅一巴掌。

突來的一掌打得京雅差點沒站穩，色導演則趁京雅被打得恍惚之時將京雅推倒在地，肥滿的身型重壓在京雅身上。

「男妓就是男妓，有什麼好囂張的！給你機會還不珍惜！不是很愛男人的這根嗎？給老子吃！」

色導演又接著甩京雅兩巴掌，掐住京雅逼他開口。京雅死死咬住牙關，整個腦袋都傻掉了，某晚差點被強暴的記憶猛然竄上腦門，他全身泛起雞皮疙瘩，胃部一陣翻攪，直覺想吐。而京雅臉色慘淡的表情惹得色導演更加不悅，說話也越發偏激。

「你那什麼臉啊？那個叫朗什麼的就比較好是不是？是不是！」

京雅想大聲呼叫藍，但他的臉頰被暴力掐住發不出聲，就在這時，壓在身上的重量突然消失了，接著色導演偏激的咒罵聲也消失了。

取而代之的，是一道低沉有磁性，些微帶啞的嗓音。

那是這半年來京雅每晚午夜夢迴時，思念不已的嗓音。正是那道嗓音的主人，將色導演死死按制在牆上。

「先生，根據醫學研究指出，男性每增胖五公斤，性器官就會縮短一公分。我真心認為以身材而言，我的尺寸絕對比你好很多。」

男人的聲調如此理性、優雅。

也如此令人不敢置信。

「朗恩！你怎麼在這裡？藍，他怎麼在這裡？」

看著熟悉的人乍現眼前，京雅驚訝萬分，心跳突然失序。

「是你說十分鐘後要叫人，他就剛好在外面嘛！小京你沒事吧？」藍焦急地衝進來，扶起趴在地上的京雅，替他揉揉被搧紅的臉頰。

朗恩看見京雅被掐紫的脖子及衣衫凌亂的狼狽模樣，瞬間怒火燃燒，手頭壓人的力道不自覺地加重。

「你、你、你……你是誰！」

色導演見有人突擊，立刻顯出一臉俗樣。

「沒必要告知你，因為從此刻起，你將消失在演藝界。」朗恩冷酷回應。

沒想到自己剛來就目睹京雅差點被人強暴的畫面，一雙深綠的眼底散發出令人戰慄的惡寒。

「不！不、不不要殺我！不要殺我！啊——」

色導演臉部慘白，驚慌失措，哭爹喊娘地不停求饒。隨著朗恩往他胯下使勁一踹，如殺豬般淒慘的叫聲也跟著終止。

京雅與藍在旁邊親眼目睹猛踢爆蛋的一幕，兩人不約而同地瞬間抖了一下。

真是太慘絕人寰了。

只見朗恩不慌不忙地掏出手機，替口吐白沫氣絕，不省人事的導演拍了幾張照。確定照片傳至各媒體後，他轉頭拉起京雅，不由分說地一把將他扛上肩。

「朗恩！你幹嘛？放我下來！藍，快救我！」

京雅的臉還痛著，忽然一個天旋地轉，被朗恩倒掛在背後。他雙腳掙扎，兩手不斷捶打，不過朗恩依舊文風不動，他對愣在旁邊看傻了的藍說：

「剩下的你能處理對吧？你的經紀人我就借走了。」

「當然！盡量借，借好借滿，借一個月也沒問題！啊啊啊，不如說請直接拿走吧！」藍點頭如搗蒜，笑盈盈地拱手獻上京雅。

「謝謝你，你是個懂事的男孩。」

朗恩釋出了善意的微笑。

「藍‧斯托克，你這叛徒！！等我回來你就完蛋了——」

隨著京雅抗議的聲音消失在走廊的盡頭，藍也露出開心的微笑：「小京還真容易被打包呢！祝用餐愉快！」

一方面，被打包的餐點一點都不愉快。

京雅倒掛在朗恩肩上，腦充血漲得滿臉通紅，就快不能呼吸了。他不斷抗拒，好在在即將窒息的前一刻，朗恩終於把他放了下來。京雅暈得顛三倒四，還來不及意識到自己在哪裡，接著只聽見耳邊傳來喀嚓一聲。

他被塞進了車後座。

此時的京雅像一隻被關籠的金絲雀一樣，吵鬧不休。

「喂，你夠了！到底想幹嘛？這大半年來不聞不問，一出現就擄人——嗚——」

朗恩無視京雅的抵抗，俯身強行吻了上去。京雅掙扎反抗卻掙脫不開，接著朗恩濕潤的舌撬開他柔軟的唇，這一刻京雅徹底失去了聲音。他睜著一雙大眼，屏息凝視著前方向自己索吻的男人。

朗恩的吻很強硬，但並不粗暴，從一開始凌亂的狂吻漸漸轉成溫柔的綿吻，而京雅感受到他的唇似乎正在隱隱顫抖。

感覺到對方忐忑的情緒，京雅逐漸閉上雙眼，沒了掙扎，任由朗恩掠奪自己的美好。

他的眼角不自覺泛紅一片……不管是重新築起的心牆也好，先前的不滿和怨懟也好，似乎即將在這親吻中冰消瓦解。

……他真的太想念、太想念這個吻……和這個人了。

結束纏綿的長吻，朗恩輕啄京雅的唇、臉頰、鼻尖，最後在他眼瞼印下無比眷戀的一吻。

這一吻，喚起了京雅靈魂深處相伴在朗恩身旁的所有記憶。

那人的氣息、那人的聲音、他迷人的眼眸，以及他肌膚的觸感……

斗大的淚珠頓時滑過京雅的臉頰，涓流而下。

「別哭。」

朗恩用低啞的聲音說著，伸出拇指抹去心愛人的眼淚。

他的手指觸碰到了京雅的眼瞼、臉頰，他的指尖比記憶中更加溫柔。被朗恩輕觸的肌膚猶如被烈火燒過般滾燙，那股熱度在京雅體內流竄，使他癱軟無力。

決定離開朗恩，帶給京雅的是刨心刮肉的痛楚，可是他的肌膚對朗恩體溫的記憶竟是如此深刻。

他從未忘記朗恩那雙骨感的手掌抱住自己的感覺。

但是，他不該再自欺欺人下去。朗恩會擁抱自己，自然也會擁抱其他人，畢竟自己一點都不特別……到此，京雅又想起自己離開後的這段日子以來，朗恩一句關心也沒傳給自己，快溶化的理智又瞬間凝結了。

「你來幹嘛？」

京雅別過臉，耗費了十二分的克制力收起淚水，特意板起冰冷的聲音說。

朗恩沒有追究他的冷淡，而是抬眼深沉地凝望著京雅。

「……謝謝你幫我解決掉那個導演，沒事的話我要回去了。」

無聲了一陣子，忍受不了車內停滯的空氣，京雅簡單為剛才的事致謝，扭頭開車門就要離開。

他真的不能再待了，多留一分鐘都是煎熬。

就在京雅推開車門的同時，他的手腕突然遭到箝制，猛地被一股強勁的力道拉回車裡。京雅整個人栽進朗恩的懷中，他瞬間感受到只屬於朗恩濃烈的氣息，以及自己胸腔裡狂亂的心跳。

霎時，京雅渾身燥熱，他立刻掙脫出朗恩的胸膛，不料手腕再次被擒獲。

「等等！我有事找你，能占用你一點時間嗎？」朗恩握著京雅的手，眼神誠懇地請求他留下，「可以嗎？」

朗恩將身子緩緩挪向前，當他輕聲細語地詢問京雅時，京雅僵在原地，彷彿聽見體內固化的心又傳出滴滴溶解的聲響。

「什麼……事？」

京雅終歸心軟了。

聽見京雅妥協的回應，朗恩微微瞇眼，眼角露出稍稍鬆口氣的神態。

他掀開西裝外套，從暗袋裡掏出一個小東西，交到京雅手心。

「我來送你忘了的東西。」朗恩唇邊勾出迷人的笑容。

京雅聽聞低頭一看，掌心上是從前他視若性命的小鐵盒。雖說他選擇放下一切，但再次看見過去載負他人生祕密與辛酸的小盒子，京雅的心弦不免掀起波瀾。

「這、這……我已經不需要了……」

京雅硬著心搖頭拒絕，把盒子推還給朗恩。儘管京雅表現出抗拒，但朗恩無意退讓。

「別這樣子。這是你過去、你生命的一部分，就算你已經放下了，還是要好好保管它，請你不要輕易抹滅它。」

朗恩感性地述說著。他宛如懺悔般以低啞的嗓音，一字一句，逐漸瓦解京雅動搖的心牆。

「好……我知道了，我收下。沒別的事的話，我、我先走了。」

「不檢查裡面的東西嗎？」朗恩試探性地問。

「有什麼好看的？反正——」

京雅嘴硬回嘴，餘光卻瞥見盒子上的鎖有被轉動的痕跡。霎那間，京雅整個人像結凍似的。很明顯，即便過去能放下，心頭的疙瘩不是說緩就能緩的，從京雅吃驚微張的唇，可以感受到他倒呼了一口氣。

最後京雅仍敵不過焦慮，開啟了盒子。

盒中除了媽媽的照片、自己的出生證明、英國的護照之外，還多了一本綠色的小冊子。京雅指尖發抖，疑惑地掀開那本小冊子，在看見內容的瞬間頓時瞪大了眼。

「天啊！你是笨蛋嗎？你一定是笨蛋吧……」

京雅看著手中朗恩的台灣護照，嘴裡念念有詞，情不自禁地哽聲。

朗恩溫柔撫摸著京雅的臉龐，寬慰地笑了笑，「雖然我的祖母是台灣人，申請護照並沒有太多不便，但是資料審核還是花了比預想中還要長的時間。」

「所以你這些日子……是在等護照下來？」

「……我總感覺，我必須要站在和你同等的線上，才有資格挽回你，這是我唯一想得到能表達我最大誠意的事情。」

「那也不用做到這樣吧……你知不知道這樣要多繳很多稅？」

京雅顫抖地問，鼻音模糊了他的聲線。

原來他深埋心底，日夜掛念的這個人，也同樣牽掛著他。原來朗恩並未離棄自己……

這一刻，京雅的心牆消散，所有的武裝全數瓦解，眼淚如散斷的珍珠一樣不斷汩出早已通紅的眼眶。

朗恩靠近京雅的臉頰，替他吻去淚水，「哈哈哈，你是在擔心這個？」聽見眼前人的擔憂，朗恩揚起眉梢，忍不住放聲失笑起來。

「所以啊……既然知道它價值不菲，那你願意收下它嗎？」

沒等京雅回話，朗恩繼續說道：「我希望這東西可以永遠放在你的盒子裡，讓它從現在起成為你未來、你生命的一部分。」

「我……」

朗恩超乎想像的宣示使京雅一時間不知該如何回應，一想到朗恩為了跟自己示好而做了影響一生的重大決定，想來就非常自責。

自己何有所長，能讓一個立於尖端的人為自己轉彎呢？京雅垂頭呆望著朗恩的護照，內心的確欣喜，卻也徬徨。

而朗恩怎麼會讀不出京雅的情緒呢。

他強而有力的臂膀穿過京雅的腰肢，將他攬向懷中，一手扶著京雅的下顎，強迫他正視自己，不讓京雅有逃避的空間。

「我愛你，請不要拒絕我。」

他含情凝視著京雅，話音透出一絲哀求，在朦朧車燈的照映下，等待答覆而顫動的雙眼像兩顆綠寶石，使人迷醉……京雅抿著唇不敢輕易回覆，只是默默地望著朗恩。

最終禁不起這無聲的氣氛，朗恩低下頭，輕輕縮在京雅的肩窩，呢喃起來。

「京雅，我希望擁有挽回你的資格，我只希望得到一次追求你的機會……縱使你不再愛我也無所謂……還是說……我來得太晚了？」

縱使朗恩的聲音說得平靜，但透過肩上的衣料，京雅感覺到些微沁入肌膚的濕意，還有那人隱隱顫抖的肩。

這個永遠從容不迫、自信、至高的男人如今在他面前展現出如孩子般的脆弱……這一瞬間，所有的堅持都顯得無謂了。

到底愛情是什麼呢？它又是何時降臨的呢？

京雅不知道，他只知道他與朗恩一開始建築在肉體關係上的靈魂，此刻終於得以緊靠在一起。

「怎麼會。」京雅微微嘆息，伸手緩緩撫上朗恩微顫的後腦，溫柔地梳理他的髮絲，輕聲問：「朗恩先生，你願意永遠專屬於我嗎？」

本來以為沒望的朗恩聽見京雅的提問後，整個人立刻抽離他的肩，睜大的眼睛盯著面前含著靦腆微笑的人。

他心臟跳得飛快，激動的頻率大得蓋過車的引擎聲。

「京雅，你搶了我的台詞。」

「那又怎樣？有人規定這句話只能你來說嗎？再說，你知道專屬的意思嗎？」京雅俏皮地嘟嘴倔強反問。

「當然，你在考驗我的中文？」

發現京雅恢復成原來好強鮮明的樣子，朗恩頓時眉開眼笑，胸口不安的感覺一掃而空。他勾住京雅精巧的脖頸，稜線分明的側臉貼在京雅耳邊，用令人沉迷的啞嗓，迷情地對京雅訴說最誠心的浪漫愛語。

「You had me at hello.」

第一眼見到對方就墜入了愛河，是一見鍾情的意思。

「我承諾我專屬於你，我保證。」朗恩接著說，並在心中下定承諾。

他的一絲頭髮、一隻手指，到他說出來的讚美話語，都會永遠留給眼前真心所愛的人。

「對了，你說如果我們在台灣辦婚禮的話，該邀請誰好呢？」朗恩拉起京雅的手，吻著他的掌心，開心問道。

「你想那麼多幹嘛？我又沒有答應你。」京雅好勝地回嘴。

「我保證你會答應我的。我愛死你了，京雅，你也只專屬於我對吧？」

朗恩再次甜笑著告白，在京雅左手的無名指上落下一吻，使京雅的身軀頓時劇烈地顫抖了一下。

「你說呢？」

「回答我。」朗恩命令道。

「幹嘛？你要求，我就一定要照做嗎？」京雅頓了頓，接著說，「那你吻我吧。我滿意了就回答你。」

換他命令他。

「你真是越來越會了。」朗恩微微揚眉。

「那是不是該歸功於你教得好？」

「這話我喜歡。相信我，你一定會非常滿意。」

朗恩銜著京雅綻出一抹甜膩的笑容，京雅看得彷彿要融化了。

朗恩拉過京雅，提起他的下顎，重新疊上自己的唇。他濕潤的舌似乎在哀求京雅的允許一般，不斷舔弄著京雅紅腫的唇瓣。

而京雅雙手交疊在朗恩肩後，他唇齒微張，伸出軟嫩的舌與朗恩糾纏在一起，主動回應那無須言語的情感。

先前所有的不安、迷茫、孤獨與猜疑，所有的所有，都在這個熱烈的吻中煙消雲散。

朗恩貪婪地回吻京雅，吸取懷中人柔軟到不可思議的雙唇，他的大掌游移到京雅的領緣，一顆顆解開那毫無防護力的鈕釦。

京雅白皙誘人的鎖骨現露眼前，令朗恩再也按耐不住，他親暱地啃咬京雅細緻的身軀，在他如雪的肌膚上印下一記又一記專屬的痕跡。

京雅就像毒藥，上癮之後怎麼戒都戒不掉。

狹窄的車後座，是這場交易的開端，而這場交易將永遠不會結束。

——《癮 Addiction 正文完》——

獨家番外

在能獨攬中心公園蓬勃綠意的客廳裡，輕快的歌曲如溪水般，一首接一首從安裝於天花板內的音響中流瀉出來。歌手的音質軟噥，旋律清晰柔綿，使人一聽便能嚷嚷上口。暖暖甜甜的曲風，彷彿能帶領聽眾陷入夢幻的愛情國度之中。

不過此時的京雅卻環抱著黑灰相間的抱枕，與朗恩無言對望。

桌上簡約造型的銅製菸灰缸上擱著燃了一半的菸，空氣中遲遲未散的白霧，宛如兩人之間凝結的僵局。

等煋火燃盡，京雅率先打破沉默：

「為什麼你不答應？」

「我憑什麼要同意？」

朗恩特意挑了挑眉，一雙綠眸眨也沒眨，炯亮地看著京雅反問。

「我說，反對總要有個理由吧？」

「我反對從不需要理由。」

幾乎是京雅語畢的同時，朗恩立刻回話，堵得京雅一口氣噎不下，硬是呆了幾秒。

「那個……我承認這位叫理查德的英國歌手聲線的確比較特別，所以你之前可能沒注意，不過我想請你認真聽一下他的新曲。」京雅深深呼了口氣調整情緒，耐心解釋起來。邊說邊操作音響遙控，讓歌曲重複播放。

這位理查德是京雅在英國時透過藍介紹結識的獨立歌手，雖然他聲質特殊，聽眾圈較小，但京雅認為即便是小眾，可在全球一體的網路時代，那也有一定可期的數量。

果不其然，事實證明京雅的預判沒有錯。

「我請作曲老師幫他調整了一下，寫了三首新作放上NFT，才幾天而已就銷售一空了。可見他音質雖然少見，但頗具潛力，加上我們精準專業的作曲團隊，魚幫水水幫魚，他紅是早晚的事，為什麼要反對？趁誰都還沒看上他，現在正是簽下來的好時機啊！」

京雅一口氣把這段時間的進度、收穫全告知朗恩，極力爭取簽約的可能性。

「京雅，簽約與否不是單靠個人的實力判斷。」朗恩平聲回應道。

他表情泰然，眉角未見一絲牽動，從容不迫的舉止使京雅無從判斷他的想法。

「我知道簽約要多方考慮。我沒有一定要你簽他，但我想知道不行的原因是什麼？」

其實京雅並不執著於簽約，他單純是想知道自己哪裡沒有想周全，有什麼不足的點是朗恩看見了，而自己沒有發現的。

只見朗恩默不作聲，他收攏投在京雅身上的視線，替自己重新點上一支菸，垂下眼緩緩抽了起來。接著他將打火機放回暗袋，空出手，按下音響撥放的終止鍵，宣告這話題再無延伸的空間。

「你！不說就算了——！」

見朗恩決斷的態度，京雅臉色凝固，一把扔開抱枕，怒沖沖地回房間，不再理會朗恩。

然而京雅不知道，他才轉身，對方沉著如鷹的雙眸便一直追著他，直到他關上房門，朗恩削薄輕抿的唇角才呼出一絲近似無聲的嘆息。

§

沉重孤寂的鐘聲在夜裡迴盪，驚擾了睡夢中的京雅。

由於賭氣的緣故，他並沒有睡得很沉，即使如此，深夜醒來仍讓京雅感到一股涼意。而今夜，他格外覺得冷。肌膚上沒有感受到枕邊人的體溫，京雅下意識縮了縮肩。他悄悄轉過頭，望見朗恩背對自己又過分寬闊的肩膀，不禁有些悵然若失……

自己不是個好眠的人，敞開心扉，重新回到朗恩身邊的每個夜晚雖說睡得比過去好，但偶爾也有半夜醒來的時候，可每每醒來也一定都是在朗恩的懷抱中睜眼。

是啊，他一定會抱著他的。

但今晚……那個人卻背對自己……

依偎在朗恩懷抱裡的日子太過美好，京雅從沒想過他與他竟也有同床異夢的一天。

原來無論身旁是否有人陪、無論躺的是不是雙人床，只要心不再相連，床再大都是單人床。

想到這裡，京雅眉睫黯然，雖說是自己先賭氣不理人的，但京雅仍舊止不住鼻間泛出的酸楚。

算了……反正睡不著了，做點什麼轉換心情吧。

打定主意，京雅屏住呼吸，躡手躡腳地下床走到房門邊，在聽見朗恩持續平穩的呼吸聲後才輕輕闔上門板。他來到廚房，想喝點熱飲讓身體暖一暖。

開放式的中島流理台直面客廳，漆黑的落地窗映照出京雅單薄的身影，清淡月光透過厚厚的雲層散開，使窗外的景象全籠罩上一抹鬱悶的黯紫。

京雅沉沉嘆了口氣，開啟廚櫃上的照明取出杯子，接著恍神地按下咖啡機。此時，晚間與朗恩的談話又一幕幕跳出京雅腦中。

他實在想不明白，像理查德這種音域如此特別的歌手，一看就知道可塑性極高，他可是協商了大半年，對方才願意由獨立創作者改與經紀人合作，為何朗恩會拒絕呢？

京雅坐在餐廳認真思考著，額頭不由得疼起來。

他與朗恩在工作上的想法相近，看人的眼光更是一致，合作以後從未出現像今天這麼嚴重的分歧，到底有什麼是他疏漏掉的？

而更讓京雅在意的是，在這段談話之間，他驚覺自己完全看不出朗恩在想什麼，這項發現讓京雅心折。他一直以為自己對朗恩有一定程度的了解，殊不知……果真越在乎的人，就越是猜不透嗎？

人人都說相愛容易相處難，這下京雅算是有所領悟了，愛情真正的磨合才正要開始。

京雅失神地喝起咖啡，不料才入口，他就差點吐出來！

「噁！好苦——」

這是朗恩的口味。

他又忘了將咖啡機調回來。

京雅的臉皺成一團瞪著杯子，就在這時，一盒包裝精緻的巧克力遞到他面前。視線順著巧克力盒延伸，京雅看見朗恩那張稜線分明的臉龐。

暈黃的燈光下，朗恩半身隱沒在黑暗中，平靜地看著京雅。

「我不需要。」

京雅任性地別過臉一口回絕，誰知剛轉頭，他的臉頰被一股強而有勁的力道獲住，下一秒朗恩的唇強壓上來。朗恩掐著京雅的下顎迫使他張嘴，接著將啣在嘴間的巧克力餵送到京雅口中。

「你幹嘛？就說我、我不——」

京雅掙扎著，朗恩的雙臂卻緊緊束縛住他，讓他難以逃脫。

朗恩手上的力道雖緊，但唇間的吻卻很溫柔，他伸出靈活的舌探進京雅口中。巧克力因體溫慢慢化開，中餡包裹的水果酒流了出來，藉著朗恩的舌尖，京雅嚐到了香醇的甜味。

他遞出的甜膩逐漸蓋過京雅的苦澀，融化了他的倔強。

酒香在彼此的唇瓣間四溢，朗恩十分有技巧地攪動著懷中人嘴裡的柔軟，沒一下子便撩得京雅腦袋發暈，情慾也隨之竄動。

「京雅……」

朗恩英挺的鼻梁磨蹭著他的側臉，媚人沙啞的嗓音貼在耳際，使人心癱軟。京雅忍不住回應，主動伸出腳，慢慢滑過朗恩的雙腿，最後勾纏上他的腰。

感受到懷裡人明顯放緩的身軀，朗恩舔拭著京雅發熱的耳垂微微哼笑，隨後再次吻了上去，接著拖住京雅的臀部，將他抱離硬質的實木餐椅，回到兩人軟綿的大床上。

§

慾火一發不可收拾，京雅被吻到暈頭轉向，腦袋陷入混亂的時候，朗恩的手指已悄然入侵他小巧的後穴。

屬於男人些微粗糙的指腹滑過京雅細嫩的體內，惹得京雅呼吸紊亂。微喘的呼吸聲在寂靜的夜裡將曖昧的情愫無限放大。

朗恩一手按揉著京雅蠢動的密穴，一手則握住他性器的前端，上下套弄起來。前後同時受到激烈的刺激，京雅的背脊瞬間像電流竄過般一陣狂顫，胸前的兩點嫣紅也因為慾望的侵襲更加挺立。

看著京雅發燙緋紅的肌膚以及含情如水的眼盼，朗恩唇角輕勾，相當滿意自己雙手打造出來的作品。

「你這副樣子真不錯。」

朗恩用散發著情慾的聲音給出了滿意的評語。

他膝蓋一伸，強制分開京雅白皙的雙腿，同時褪去下腹的薄褲，露出早已昂挺的性器。高聳的柱狀物隱隱跳動，一絲絲血管清晰可見，而且似乎還不斷脹大，看上去到了令人想閃躲的程度。

然而，在兩人即將結合情動高峰之際，京雅朦朧的雙眼突然清醒，他兩腿緊夾，翻身躲開朗恩的攻勢。

「你……」京雅搶在對方反應前開口。

「你？」

到口的肉飛了，朗恩蹙起眉頭，發出不滿的嘖聲。

「你想進來的話，就要跟我談談理查德的合約。」京雅雙眼靈動一轉，大膽提出了規則。

朗恩一聽，先是一愣，接著掩嘴失笑起來。

「有什麼好笑的？」

「呵呵呵……」朗恩一面笑，一面無奈搖頭：「我真的小看你了，真沒想到你居然跟我提這種交易？」

「人都是會改變的，總不能一生都拘泥於過去吧？」

「嗯，也是，聽起來非常有道理。不過很可惜，這件事免談。」

語畢，朗恩擺了擺手，拒絕了這個極具誘人的條件，轉身走向浴室。

「咦？」

京雅以為勝卷在握，沒想到朗恩拒絕得如此乾脆，寧可降旗也不願意談。這可把京雅逼急了，他慌忙地抓住朗恩的手，希望他給個解釋。今天要是得不到答案，那他就不放人。

「到底為什麼不行？你對他究竟有什麼偏見？」

「京雅，你知不知道不該在床上提其他男人的事？」

朗恩沒有直面回覆，反倒由上而下俯視京雅，端出一抹不寒而慄的微笑問。

「呃……這……」

意識到自己踩到紅線，京雅緊張地滾動喉嚨，一時間不知該講什麼。縱使於黑暗中看不清對方的臉，可京雅依舊能感受到朗恩散發出來的那股駭人壓迫感，剛才挑起的慾火瞬間熄滅。

就在這進退兩難的時刻，擱在床頭上的手機忽然冒出閃爍，化解了嚴肅的氣氛，也一下子奪走京雅的注意力。

「喔，有訊息？什麼事啊？」

京雅喃喃著，下意識鬆開緊抓著朗恩的手，折回床頭檢視手機。絲毫沒發現他手一放，朗恩的眼神瞬間變得陰寒。

「啊！是理查德！他傳什麼？希望合約能加註一條？要加什……嗯？喂！！」

京雅兩眼緊盯著手機，但還來不及滑開螢幕，手機就消失在手中。只見朗恩大力抽掉手機，直接將其摔到地上。可憐的手機被猛力砸在堅硬的大理石地板上，狠狠彈摔了幾下後發出慘烈的聲響，最後嚴重分屍，宣告陣亡。

「這就是我對他的偏見。」

朗恩繃著臉，音調極其冰冷。

「你！」

目睹手機被摧毀，京雅本來非常生氣，不過朗恩大發雷霆、山雨欲來的氣勢讓京雅錯愕，不禁心生畏懼，語調也跟著軟了不少。

「他不過就是講工作的事……」

京雅縮了縮下巴。

「現在？」

朗恩瞇起雙目，順勢掃了眼掛鐘。

「他可能剛結束工作嘛。」京雅抿嘴回答。

他知道朗恩極度重視隱私，除非緊急事件，否則他對打擾私人時間的人相當感冒。

「你為他找理由？」

「也不是找理由。你想想音樂人嘛，大多都沒日沒夜。」雖然已過凌晨三點，但京雅不是不能理解，繼續說道，「而且理查德是認真的人，工作凡事親力親為。」

「認真的人？工作親力親為？那送咖啡給你也是工作？」

京雅護航的舉止使朗恩焦躁，他實在忍無可忍，索性挑明癥結點。

「當然是啊。」京雅想都沒想，理直氣壯地答道，「難道社交不重要嗎？既然有意簽約，那跟往後的工作人員打好關係是必要的，尤其是這行。」

「需要每天送？」朗恩不悅地沉下聲繼續問。

「他哪有每——嗯？」

京雅正想反駁，卻突然回想起自從與朗恩分開，在英國與理查德接洽的半年來，每天確實都有一杯焦糖瑪奇朵送到自己手上。

朗恩不問，他自己都沒意識到這件事，但朗恩怎麼知道呢？

該不會……

「你怎麼知道……他每天送？你偷偷調查我？」

「我不需要偷偷，自然也會有人說。」朗恩冷答。

「你……該不會是在吃醋吧？」京雅微咬下唇，小聲提出內心的猜測。

聽見這疑問，朗恩沉默不語，只是微微揚動眉尾。房內昏暗，只有月光提供模糊的照明，可一霎那，京雅仍舊清楚看到朗恩眼底閃過一絲憂慮的神情。

心臟不自覺地扯動一下。

真的假的？朗恩執意不簽的原因是因為吃醋？當真？

兩人就這樣互相凝視著對方。

「我——」

在沉默一陣子後，京雅正打算開口說點什麼，只見朗恩忽然垂下頭，將臉埋進京雅的頸窩。

「……不要讓我害怕……京雅……」

朗恩環住京雅的身軀，好不容易擠出氣音懇求道。

天曉得，當他知道有人刻意接近京雅，甚至費心蓄意討好時，他究竟花了多大的自制力才勉強沉住氣。

雖然朗恩表面靜如止水，但這半年來，他每天都在有可能失去京雅的忐忑中度過。如今京雅在他的擁抱中，失而復得的心情使他欣喜，同時也讓他明白自己無法再承受一次分離。朗恩難受地咬住嘴唇，抱住京雅的雙臂越收越緊。

看見向來不可一世的男人突然放低姿態，京雅不自覺屏住呼吸。

縱使朗恩的話語十分細微，卻依然傳入京雅耳中。這一刻，他的肩上似乎感受到男人微微的顫抖。

京雅陷入茫然，也陷入了悸動。

害怕，朗恩在害怕什麼呢？

這個詞從他嘴裡說出來，是這麼令人感到科幻？

掛鐘滴滴答答地響著，京雅微微抬眼，凝視窗中朗恩靜靠在他身上的景象。他像個膽怯不安的孩子一樣，渴求京雅的安慰。

此時有股暖意湧上，在胸口蔓延。京雅伸出雙手搭上朗恩的背脊，憐愛地輕撫起來。

「害怕什麼？我跟他又沒怎樣。」

「你認為沒怎樣，不代表每個人都如此認為。」朗恩抬頭，面露難色坦言。「你收了半年的咖啡又不分晝夜地秒回訊息，是男人都認為自己有機會。」

「我沒有別的想法，只覺得是工作。難道你……就不信任我嗎？」

「我沒有這個意思。」

「沒這個意思……的意思是……你願意讓我簽？」京雅腦袋一轉，又繞回了工作。

聽到愛人的疑問，朗恩沒再接話，只是感慨地嘆了口氣。他內心無奈又懊惱，真不知該為京雅一心撲在工作上的思考模式感到高興還是生氣。

工作時，朗恩能做到絕對放手，但京雅和自己的私人時間，他不允許任何人剝奪。

看來是時候該教教京雅公私時段分明的規則了。

見朗恩遲遲未回應，表情又沒有先前那麼抗拒，京雅眨了眨眼提出備案：

「那……接下來我讓別人跟他談可以嗎？要是真的簽成了，就撥給其他人帶，我就偶爾關心一下，這樣也不行嗎？」

朗恩些許沉默之後緩緩說道：「……可以考慮。」

「才只是考慮？」

「我已經讓步了，京雅。」

「我放棄自己帶也讓步很多了啊。要怎麼樣你才會同意嘛？」

朗恩揉著太陽穴閉上眼，幾秒後睜開，令人著迷的綠色眼瞳憂思盡退，重新換上銳利逼人的傲氣。

這一秒，氣氛突轉，京雅忽然感覺自己像是被猛鷹擒住的獵物。果不其然下個瞬間，他的唇立即被捕獲，朗恩熾熱的舌不由分說地撬開他的貝齒，肆意掠奪京雅的柔軟。

兩人滑入床被裡，擁吻起來。體內殘存的慾火在朗恩的撩撥中再次燃起，空氣中浮盪著令人意亂情迷的香氣。朗恩張口放開身下羞澀的人，接著撐起身，將自己勃起的性器抵上京雅的唇。

「取悅我，京雅。」朗恩回答，同時命令道。

朗恩充滿情慾的表情使人迷亂，強制又帶些壞心的語調更令人無法抗拒，京雅像是被蠱惑似的乖巧地張嘴伸出舌尖，舔啜起眼前充血跳動的莖幹。

可才一下子，名為理智的思緒又回流到京雅腦中，他越想越不對勁。

不對啊！剛才自己不是還拒絕朗恩嗎？怎麼現在居然反轉過來，輪到自己哀求他了呢？

「停，等等！那我要討好你多少次你才會點頭？你該不會永遠跟我耍這招，然後都不答應吧？那我不是要取悅你一輩子嗎？」

第二次被叫停，朗恩的額頭上隱隱浮出青筋，但這次絕不可能停了。

「看來你也知道要取悅我一輩子。」

朗恩話語未完，便捧著京雅靜秀的臉蛋挺身進入他濕滑的口腔。朗恩搖起腰幹，不斷進攻身下人稚嫩的喉道。敏感的口腔被昂碩的陽具翻攪侵略，京雅渾身顫抖，滿臉通紅，腦袋再也無暇思考。

一陣衝刺之下，朗恩滾燙的慾望在京雅溫熱的嘴裡噴薄而出，來不及流入喉道的精液隨著朗恩抽出的動作，溢出京雅被摩擦發腫的嘴角。

赫然發現自己掉入朗恩以退為進的陷阱，京雅抹去嘴角的液體，內心萬般不甘，不斷咒罵自己太容易被朗恩收服。

「你……奸詐……」

「這叫周旋。」

京雅含著鼻音發出微弱的抗議，可流進朗恩耳裡像極了呻吟。他低語一笑，舔著舌，扳開京雅濕漉的臀瓣，宣示下一步的行動。

「等等你，嗚啊……啊、啊……」

隨著粗壯的性器沒入京雅窄緊的後孔，令人戰慄的甜膩快感一波波竄上全身，京雅的喘息也越來越劇烈。直到黎明的晨光灑落，京雅終於在過度的高潮中失去了意識。

論藝人經營的訣竅，京雅絕對與朗恩旗鼓相當。可要論談判場上的審時度勢，京雅還差得好遠好遠呢。

§

等京雅再次睜眼，牆上的掛鐘顯示就快中午十二點了。

他緩緩起身，轉動僵硬的肩膀，在看見枕邊擺放著閃亮的新手機後，內心讚嘆了一下埃斯珀的工作效率。

京雅睡眼惺忪地走出臥室來到書房，果真看見埃斯珀與朗恩正準備出門。而埃斯珀見京雅到來，簡單打了招呼後，有禮貌地先行退離書房。

「睡得好嗎？」

朗恩邊套上西裝，邊朝著京雅露出寵溺的微笑。

「你還敢問。」

雖然京雅嘴上逞快，但還是習慣性地接過手，替朗恩繫上領帶及袖釦。

對京雅習慣成自然的舉動，朗恩可說是十分滿意。在打理好儀容後，朗恩從抽屜裡翻出一只資料夾，推到京雅面前說：「我與埃斯珀商量過了，要簽下理查德也不是不行，畢竟他音質實屬難得。」

「真的？我就說他很特別吧！」

京雅一聽，眉間睡意全無，整個人頓時雀躍起來。

「但交換條件，你必須正式簽給我。」朗恩直視京雅，正色說道。

「你那麼不信任我？我又不會跳槽。」更不可能出軌。

但最後一句話京雅擱在心底，沒有明言。

「我想也不會，但所有交易都需要白紙黑字為證，你也不例外。」朗恩此話一出，京雅眉飛色舞的神情跟著消失，臉上取而代之的是有些委屈的眼神。雖然京雅手中握有不少朗恩旗下的藝人，每個月的抽成也準時入帳，但他與朗恩的確從未簽訂實質的雇傭關係。

於情於理，京雅是該簽。

「也是啦。」

京雅扁了扁嘴，點頭妥協。

「為表誠意，我已經先簽了，你過目後沒問題也簽吧。」朗恩比了比桌上的資料夾，並轉開鋼筆遞給京雅。

京雅本想直接簽字完事，接過鋼筆時又有些猶豫。

「怎麼了？」

察覺面前人的遲疑，朗恩開口詢問。

「我想……我要考慮一下……」

無論左看右看，京雅都是要簽的，但朗恩對他一視同仁的作法，不知怎麼的讓京雅心裡莫名有些不舒坦。

「你需要考慮？」

朗恩盯著京雅，收緊質問的目光。

「那當然！」京雅哼氣，「你能因私人因素考慮，我就不行嗎？再說了，合約都是有審閱期的，我的合約當然也不例外，說不定我看完了也未必想簽。」

「哼呵呵呵呵。」聽聞京雅賭氣的發言，朗恩不禁搖頭失笑，翡翠般的眼眸充滿自信。「你會簽的，京雅，我開出的條件非常好。」

「你又知道？」

見朗恩過分自信的笑容，京雅有種被小看的感覺，他蹙起眉頭，大力翻開資料夾，不信自己挑不出合約的一點瑕疵。

京雅瞪眼翻看合約，驀地沒了聲音，只見他緊皺的眉額放緩，露出難以置信的眼神看著朗恩。

「如何？」

朗恩雙手交疊在膝上，好整以暇地回望京雅。

「你這合約糟糕透了……居然沒寫聘僱期限……」

京雅話語顫抖。

「但你會簽，對吧。」

「我……」

未完的話語堵在喉嚨，眼前的景象逐漸模糊起來。京雅頻頻眨眼，檢視手中那份名為「婚姻申請」的「合約」。

「備註欄上寫得很清楚，我的所有從今往後只屬於你，這項條件沒有期限。」

「你的一切都屬於我？包括……這個家嗎？」

「只要你願意，這當然是你家。」朗恩點頭，綻出令人安心的笑容，「是我們的家。」

——我們的家。

京雅的心就像一座骨架斑駁的鐵塔，建築在坑坑巴巴的心田上搖搖欲墜，但朗恩這句簡單的話彷彿一股甘露，浸暖京雅的心田，鞏固了建築在上的心塔。

似乎有某種力量在京雅心中擴散開來……

無疑，京雅是漂泊的。

從出生開始，他離開母親身邊，來到祖父母家，然後飄洋過海到台灣，接著跟著無數藝人輾轉各地，之後遠渡重洋來到遇見朗恩的地方。

家，對京雅而言就像飯店，換個地方就換個點，只有住宿的功能，沒什麼好不捨的。

即便與朗恩譜出愛情，眷戀他床上的香氣，可京雅從未奢望過有個屬於自己的地方……然而眼前的男人，竟承諾給他一個家。

他們的家。

眼前的水霧越來越濃，啪答啪答地滴落在合約上。

「哎呀，你要是再不簽字，這份合約就要被你的眼淚報銷嘍！」朗恩笑著溫柔地攬過京雅，薄唇印上他的眼瞼，吻去他奪眶而出的淚珠。

「你就簽給我吧，京雅……然後永遠留下來……」他在他耳邊呢喃，道出衷心深摯的請求。

此時十二點的鐘聲隆重響起，宛如同時宣讀朗恩的誓言一般。

京雅是漂泊的，但如今，他終於有處可以停歇的港灣。

在肅穆鐘聲的見證下，京雅的眼眶再次盈滿了感動的淚水，簽下那只專屬彼此，沒有期限的婚約。

——番外完

高寶書版集團
gobooks.com.tw

FH032
癮

作　　者　柳孝真
繪　　者　布萊Brant
編　　輯　陳凱筠
封面設計　林鈞儀
排　　版　彭立瑋
企　　劃　李欣霓

發 行 人　朱凱蕾
出　　版　朧月書版股份有限公司
Hazy Moon Publishing Co., Ltd
地　　址　臺北市內湖區洲子街88號3樓
網　　址　www.gobooks.com.tw
電　　話　(02) 27992788
電　　郵　readers@gobooks.com.tw（讀者服務部）
傳　　真　出版部　(02) 27990909　行銷部 (02) 27993088
郵政劃撥　19394552
戶　　名　朧月書版股份有限公司
發　　行　朧月書版股份有限公司 / Print in Taiwan
初版日期　2022年5月

國家圖書館出版品預行編目(CIP)資料

癮 / 柳孝真著.-- 初版. -- 臺北市：朧月書版股份有限公司出版, 2022.05-
面；　公分. --

ISBN 978-626-95739-3-6(平裝)

863.57　　111003954